HEDWIG
COURTHS-MAHLER

Der verlorene Ring

HEDWIG COURTHS MAHLER

Der verlorene Ring

WELTBILD VERLAG

Genehmigte Lizenzausgabe für
Weltbild Verlag GmbH, Augsburg 1998

Einbandgestaltung: Peter Engel, München
Umschlagmotiv: Eric Bach/Superbild, München
Gesamtherstellung: Presse-Druck Augsburg
Printed in Germany
ISBN 3-86047-989-X

I

Käte Harland legte schnell eine feine Stickerei beiseite, als Günter Warneck zu ihr ins Zimmer trat.

»Haben Sie ein Weilchen Zeit für mich, Käte?« fragte er.

Eine leichte Röte war in ihre Wangen getreten, als sie ihn erblickte. »Ich stehe zu Ihrer Verfügung, Günter.«

Er lächelte. »Haben Sie einmal nichts Wichtiges zu tun?«

»Nichts, als eine unwichtige Handarbeit fortzusetzen, die nicht eilt.«

»Das ist mir sehr lieb, Käte, denn ich habe etwas mit Ihnen zu besprechen. Ich bin zu diesem Zweck so früh aus dem Geschäft nach Hause zurückgekommen.«

Das feine Rot in ihrem Antlitz hatte sich vertieft, aber er achtete in seiner Erregung nicht darauf. Er war mit seinen Gedanken so ganz bei der Angelegenheit, die ihn beschäftigte, daß er keine Zeit fand, Käte Harland zu beobachten. Sie aber war seit Jahren daran gewöhnt, Günter Warneck verbergen zu müssen, was in ihrem Innern vorging. Stets täuschte sie ihm eine gleichmütige Ruhe vor, auch wenn ihr Herz in seiner Gegenwart bis zum Hals hinauf schlug. Er sollte, er durfte nicht merken, wie ihr Herz erzitterte, wenn sie ihn ansah oder mit ihm sprach, denn sie wußte, daß er ihr gleichgültig, bestenfalls mit ruhiger Sympathie gegenüberstand. Er durfte nicht ahnen, daß sie ihn liebte vom ersten Augenblick an, da er in ihr Leben getreten war.

Das war vor drei Jahren gewesen, als Günters Vater, der reiche Kaufmann Heinrich Warneck, sie zu sich genommen hatte in sein Haus.

Er war ihres verstorbenen Vaters bester Freund gewesen. Eine feste Freundschaft hatte die beiden Männer verbunden, obwohl sie in ihrer Art grundverschieden waren. Ihre Freundschaft hatte die härtesten Proben bestanden.

Käte Harlands Vater hatte Heinrich Warneck, als die beiden noch jung waren, einen großen Dienst erwiesen, indem er eine Torheit des Freundes, die diesem sein ganzes Leben zerstört haben würde, mit allen Mitteln verhindert hatte. Er hatte ihn aus einer sehr gefährlichen Situation gerettet. Das hatte Heinrich Warneck dem Freund nie vergessen. Ihre Freundschaft hatte noch manche Probe bestanden, obwohl das Leben sie beide später auseinanderführte.

Klaus Harland war an eine süddeutsche Universität als Professor berufen worden und hatte sich dort verheiratet, während Heinrich Warneck in Berlin blieb und schon mit fünfunddreißig Jahren nach dem Tod seines Vaters Chef der großen Firma Warneck wurde. Es war Heinrich Warneck gelungen, die von seinem Vater übernommene Fabrik zu einem großen bedeutenden Werk auszubauen und zur vollen Blüte zu bringen, während sein Freund Klaus Harland der schlichte, bescheidene Gelehrte blieb, der es nicht verstand, irdische Schätze zu sammeln.

Aber auch die verschiedene Entfaltung ihrer äußeren Schicksale hatte die beiden Freunde einander nicht entfremden können. Und als Klaus Harland zwei Jahre nach seiner Frau starb, erschien es Heinrich Warneck als selbstverständlich, daß er sich der verwaisten Tochter seines Freundes väterlich annahm. Denn Käte war völlig vermögenslos zurückgeblieben und besaß nichts als einige Schmucksachen, die ihre Mutter ihr hinterlassen hatte, und die bescheidene Wohnungseinrichtung ihrer Eltern, die Heinrich Warneck für Käte verkaufte, ehe er sie in seinem Haus aufnahm. Heinrich Warneck wurde Kätes Vormund und als solcher bestimmte er einfach, daß die siebzehnjährige Käte in seinem Haus in Berlin leben solle.

Das junge, warmherzige und liebenswerte Geschöpf hatte es verstanden, durch ihre bescheidene, anmutige Frische das Haus ihres Vormundes zu beleben und zu erwärmen. Dieses Haus des reichen Fabrikanten war ein sehr stilles und freudloses gewesen. Heinrich Warnecks Frau war schon seit zehn

Jahren tot, und zwischen ihm und seinem Sohn Günter hatten sich inzwischen scharfe Gegensätze herausgebildet, die in den beiden Charakteren begründet lagen. Günters Mutter hatte, solange sie lebte, mit zarter Hand diese schroffen Gegensätze zu überbrücken vermocht, aber seit ihrem Tod war niemand mehr da, der zwischen Vater und Sohn vermittelt hätte. Und so wuchsen sich die Gegensätze fast zu einer vollkommenen Entfremdung aus. Der »Warnecksche Starrkopf« saß auf den Schultern beider Männer, und sie gerieten leicht hart aneinander.

Käte Harland hatte es vermocht, mit ihrer sanften und doch frischen Anmut zwischen Vater und Sohn manchen Streitfall zu verhüten. Es war ihr gelungen, die emporkeimende Entfremdung zum mindesten aufzuhalten. Nicht, daß sie es vermocht hätte, wie Günters Mutter, die schroffen Gegensätze auszugleichen — in ihrer bescheidenen Art hätte sie auch gar nicht gewagt, einen entscheidenden Einfluß auszuüben — aber schon durch ihr Dasein verhinderte sie manche allzu heftige Explosion.

Ob Vater und Sohn sich bewußt wurden, daß Käte Harland als Vermittlerin zwischen ihnen stand, war nicht zu ergründen. Heinrich Warneck fühlte nur mit Behagen, daß wieder ein sanfter, weiblicher Geist in seinem Haus waltete, der seine Wünsche und Launen verstand und ihn fürsorglich umgab.

Günter Warneck hatte Käte zunächst wenig beachtet. Es war ihm gleichgültig gewesen, daß der Vater sein Mündel als Hausgenossin mitbrachte. Lange Zeit hatte er ziemlich uninteressiert über sie hinweggesehen, aber dann wurde es ihm zur Gewohnheit, sie bei den Mahlzeiten sich gegenüber zu sehen; schließlich machte es ihm auch sogar Vergnügen, ab und zu eine freie Stunde mit ihr zu verplaudern. War sie einmal nicht zur Stelle, vermißte er sie sogar, und in der letzten Zeit, als Käte etwas älter und reifer geworden war, berührte es ihn angenehm, daß sie eine gebildete Gesprächspartnerin war und eine warmherzige Freude an den Schönheiten der

Welt zeigte. Wenn sie zum Beispiel im Sommer mit dem Vater und ihm einige Wochen an die See fuhr, schwärmten sie beide für die Schönheiten der Natur und verstanden einander sehr gut.

Aber Günter hatte keine Ahnung davon, daß Käte ihn liebte. Sie war noch so jung, als sie in seines Vaters Haus kam, und er selbst war damals noch nicht lange aus dem Krieg heimgekehrt. Ein Armschuß hatte ihn davor bewahrt, das letzte Jahr an der Front bleiben zu müssen. In jener Zeit war er in nicht sehr rosiger Stimmung gewesen, zumal er gleich wieder hart mit seinem Vater zusammengeraten war. Und Käte entwickelte sich dann so allmählich aus dem etwas eckigen, überschlanken Teenager zu einer reizenden jungen Dame, was ihm aber kaum auffiel. Sie war heute keine hervorragende Schönheit, und Günter war von den schönen Frauen seiner Freunde und Bekannten ziemlich verwöhnt und achtete nicht auf die neuen Reize, die im Hause seines Vaters erblühten. Ihm, dem Erben des reichen Heinrich Warneck, der obendrein noch sehr gut aussah und eine fesselnde Erscheinung besaß, die auf Frauen wirkte wie ein Magnet, kamen so viele schöne Frauen und Mädchen weitgehendst entgegen, daß die bescheidene stille Käte keinen großen Eindruck auf ihn machte. Freilich, er hätte sie nicht missen mögen in seinem Leben, sie gehörte mehr und mehr, ohne daß es ihm bewußt wurde, zu seinem häuslichen Behagen, zu seinem Seelenfrieden, aber nie wäre es ihm eingefallen, die kleine Käte mit anderen als etwa brüderlichen Augen anzusehen.

Und Käte wußte ganz genau, daß sie ihm gleichgültig war, für sie war es schon ein Gewinn, wenn er ein freundliches Wort mit ihr sprach oder ein wenig mit ihr scherzte und plauderte. Ihre Gefühle ihm gegenüber waren daher auch völlig wunschlos. Sie wußte, daß sie ihm nie etwas anderes sein würde als eine sympathische Hausgenossin, und deshalb zeigte sie sich ihm gegenüber immer sehr zurückhaltend, wenn sie ihn auch merken ließ, daß sie nicht nur seinem

Vater, sondern auch ihm zu Dank verpflichtet war, weil sie in ihrem Haus ein so sorgenloses Leben führen durfte.

Günters Vater hatte sein Mündel mit der Zeit herzlich liebgewonnen. Sie war seinem Herzen im Grunde nähergekommen als sein eigener Sohn. Und wenn er früher zuweilen in seiner Bekanntschaft einmal Ausschau hielt, welche der jungen Damen er sich wohl zur Schwiegertochter wünschen sollte, so unterließ er das mehr und mehr, seit Käte im Haus war und sich so hervorragend entwickelte. Wenn er sie jetzt anschaute, fragte er sich oft, ob Günter keine Augen im Kopf habe, wenn dieser so gleichmütig ruhig Käte gegenüberstand. Er malte sich aus, wie schön es sein müsse, Käte für immer im Haus zu behalten, und er machte sich daher insgeheim mit dem Gedanken vertraut, daß aus Günter und Käte ein Paar werden müsse.

Wenn aber Heinrich Warneck etwas wollte, dann setzte er es auch durch. Nicht umsonst war der »Warnecksche Dickschädel« in der Familie bekannt. Und eines Tages saß es dann ganz fest in seinem Kopf und war beschlossene Sache, daß Käte Harland seine Schwiegertochter werden müsse.

Wohlweislich sagte er zu seinem Sohn vorläufig nichts davon, aber er suchte die beiden jungen Menschen einander näherzubringen und sorgte dafür, daß Käte elegante Kleider trug und sich schmückte.

»Meine alten Augen wollen sich freuen an unserer reizenden Hausgenossin. Du mußt dich schön machen für deinen alten Onkel Heinrich«, sagte er lächelnd zu Käte, wenn sie sich zu anspruchslos und einfach kleidete.

Im übrigen übereilte er nichts, es hatte ja Zeit. Die beiden waren noch jung, und Günter mochte sich ruhig erst die Hörner ablaufen.

In letzter Zeit jedoch hatte der alte Herr mit Verdruß gesehen, daß Günter sich mehr, als ihm lieb war, um eine junge Schauspielerin bemühte. Lori Leixner war sehr schön, sehr bezaubernd, aber auch völlig talentlos.

Vor allen Dingen war sie eine raffinierte Person, die jeden

Mann, der ihr nahe kam, in ihre Netze zu ziehen versuchte. Und Heinrich Warneck hatte alle Ursache, unruhig zu sein, denn sein Sohn gehörte schon viel mehr, als er ahnte, zu den Opfern der schönen Lori. Und da Günter sich sehr viel Idealismus bewahrt hatte und die junge Schauspielerin ernsthaft liebte, war das besonders gefährlich. Lori Leixner ahnte, daß sie beim Theater kein Glück haben würde, wenn sie auch noch weit davon entfernt war, an ihre Talentlosigkeit zu glauben. Und so war sie darauf bedacht, sich gut zu verheiraten. Ihre anderen Verehrer, an denen es ihr natürlich nicht fehlte, dachten nicht an feste Bindungen. Aber in Günter erblickte sie einen ernsthaften Bewerber. Er kam ihr von Anfang an viel achtungsvoller und ernsthafter entgegen, und sie spielte ihm, im Leben geschickter als auf der Bühne, eine ganz raffinierte Komödie vor.

Mit tränenschimmernden Augen erzählte sie ihm, wie sie von den Männern verfolgt, von neidischen Kolleginnen gehaßt würde. Man gebe ihr nur keine guten Rollen, in denen sie ihr Können zu zeigen vermöge, weil sie zu stolz sei, dafür ihre Ehre zu opfern. Sie sei leider verwaist und gezwungen, sich ihr Brot als Schauspielerin zu verdienen, aber ihr ganzes Wesen wurzele in einer anderen Sphäre. Sie stamme aus guter Familie und hege keinen innigeren Wunsch, als der Bühne den Rücken kehren und ein stilles häusliches Leben führen zu dürfen.

Günter Warneck war so vollständig von ihr bezaubert, daß er ihr freudig jedes Opfer gebracht hätte. Er glaubte an ihre Ehrbarkeit, an ihre vornehme Gesinnung, und hatte keinen heißeren Wunsch, als das geliebte Mädchen in einen sicheren Hafen zu führen. Lori merkte sehr bald, daß er sich mit ernsten Heiratsabsichten trug, und sie war nicht gewillt, diese Eroberung wieder loszulassen. Sie arbeitete mit allen Mitteln, brach heimlich alle Beziehungen zu anderen Verehrern ab, die ihr mehr oder minder nahestanden, und gab Günter zu verstehen, daß sie sich als seine Braut betrachte. Wie Günter geartet war, widersprach er dem nicht. Er warb ganz ritterlich und ernsthaft um sie und bat sie nur, ihm Zeit zu lassen, bis er mit seinem Vater ins reine gekommen sei.

Heinrich Warneck hatte keine Ahnung, daß die Angelegenheit schon so weit gediehen war, aber immerhin erschien ihm diese Verbindung verschiedener Anzeichen halber zu gefährlich, als daß er willens gewesen wäre, länger ruhig zuzusehen. Er verlor die Ruhe zum Abwarten und ergriff die Initiative. Kurz und bündig erklärte er Günter, es sei an der Zeit für ihn, an eine Heirat zu denken. Er möge seine galanten Beziehungen abbrechen und sich darauf vorbereiten, daß er in Bälde Käte Harlands Ehemann werde, denn es sei sein fester Wille, sein Mündel zu seiner Schwiegertochter zu machen.

Diese Eröffnung hatte er seinem Sohn am Vormittag dieses Tages gemacht. Wenn Heinrich Warneck seinen Sohn gekannt hätte, wäre ihm klar geworden, daß dieser durch eine derartig despotische Ankündigung nur zum Ungehorsam gereizt werden würde. Nur seiner maßlosen Überraschung war es zu danken, daß er nicht gleich eine scharf ablehnende Antwort gab.

»Es ist nicht nötig«, fuhr der Vater fort, »daß du dich schon in diesem Augenblick entscheidest; aber bis heute in acht Tagen wünsche ich dich von allen anderen Verpflichtungen frei zu sehen. Bitte, halte dir vor Augen, daß ich in Käte deine künftige Frau sehe, und in einer Woche wünsche ich deine Zustimmung zu erhalten — wenn du nicht ganz stichhaltige Gegengründe hast oder mir sagen kannst, daß du dir bereits eine andere Frau aus unseren Kreisen erwählt hast. In diesem Falle will ich natürlich keinen Zwang auf dich ausüben. Das liegt mir fern. Aber das eine sage ich dir: eine Liebelei mit einer zweifelhaften Theaterdame gilt mir nicht als Gegengrund. Also bitte, überlege das und gib mir heute in einer Woche Bescheid.«

Günter war indessen durchaus nicht gewillt, sich diese Angelegenheit zu überlegen. Die despotische Art des Vaters reizte ihn namenlos. Er setzte seinen Starrkopf dem seines Vaters entgegen. In diesem Fall kam noch hinzu, daß er verliebt war. Hätte man ihm Zeit gelassen, seine Leidenschaft für die schöne Schauspielerin abklingen zu lassen, so wäre es vielleicht nicht zum äußersten gekommen. Vielleicht wären ihm dann die Augen über den wahren Wert Loris aufgegangen. Aber gerade, daß sein Vater ihn mit kalter Überlegenheit und starrem Willen zu einer Ehe mit einer Frau drängen wollte, die er bisher noch nie mit den Augen eines Mannes angesehen hatte und neben der er gleichmütig dahinlebte, weckte in ihm den Widerspruchsgeist.

Ganz abgesehen davon, daß sein Interesse für Käte Harland stets nur unbedeutend gewesen war, hätte man ihm jetzt auch die bezauberndste Frau erfolglos als Lockmittel anbieten können. Verliebte sind blind gegen andere Reize als die der Geliebten, und Günter Warneck machte hiervon keine Ausnahme. Sein Trotz gegen das väterliche Machtgebot drängte ihn außerdem noch mehr in seine Leidenschaft für Lori hinein, und so verließ er seinen Vater in böser Verfassung.

Während des Mittagessens hatte er nur wenige Worte mit dem Vater gesprochen. Es gärte in ihm, und er wollte doch ruhig bleiben, weil er sich sagte, nur mit ruhiger Überlegenheit könne er etwas erreichen.

Aber zum erstenmal sah er an diesem Tag mit prüfendem Blick seine junge Hausgenossin an, ob sie für einen Mann begehrenswert sein könne. Und er konnte nicht umhin, festzustellen, Käte habe sich, ohne daß er es beachtet hatte, zu einer anziehenden, schönen Erscheinung ausgewachsen. Sie hatte es wahrlich nicht nötig, sich von seinem Vater so diktatorisch unter die Haube bringen zu lassen. Er war fest davon überzeugt, daß Käte über den Heiratsplan seines Vaters ebenso empört sein würde wie er. Ein Mädchen wie sie bot man doch nicht an! Das mußte ihren feinen Sinn beleidigen.

Und Günter beschloß, Käte gegen ähnliche Pläne seines Vaters in Schutz zu nehmen. Es wäre jammerschade, ein so reizendes Mädchen in eine liebeleere Ehe hineinzudrängen.

Ganz warm wurde Günter bei diesem Gedanken, als er seinen Blick auf Käte ruhen ließ. Und wenn sein Herz und seine

Sinne nicht so ganz von Lori Leixner gefesselt gewesen wären, hätte der Gedanke, Käte zu heiraten, gar keine Schrecken für ihn gehabt. Sie war sehr wohl dazu geschaffen, einen Mann glücklich zu machen. Aber dieser Mann durfte nicht er sein, er, der so fest in den Banden der schönen Lori lag.

Und er überlegte, was er tun müsse, um Lori zu seiner Frau machen zu können, ohne daß es eine häusliche Katastrophe geben würde.

Da fiel ihm ein, daß Käte durch ihre taktvolle Vermittlung schon manchen Sturm von ihm abgewendet hatte. Deshalb kam er am Nachmittag zu ganz ungewöhnlicher Zeit nach Hause und trat zu Käte ins Wohnzimmer. Er wollte sich ganz offen mit ihr aussprechen und mit ihr beraten, was zu tun sei, um den Heiratsplan seines Vaters zunichte zu machen. Keine Ahnung kam ihm, wie sehr Käte unter seinen Worten zu leiden haben würde.

»Bitte, nehmen Sie Platz, Günter, und sagen Sie mir, was Sie zu mir führt«, sagte Käte, so ruhig sie es vermochte.

Er ließ sich ihr gegenüber in einen Sessel nieder und sah etwas unsicher in ihr zart gerötetes Gesicht. Zum ersten Male fiel ihm auf, wie schön ihre großen braunen Augen waren, wie beseelt dies feine Mädchengesicht war, und nicht minder schön das reiche, in rötlich braunem Goldton schimmernde Haar.

Wahrhaftig, solches Haar habe ich noch auf keinem anderen Frauenkopf gesehen, dachte er, und es fiel ihm ein, daß Lori Leixner eine ganz andere Frisur trug. Ihr blauschwarzes Haar war im Nacken kurz geschnitten und bauschte sich künstlich auf. Es sah natürlich sehr originell und entzückend aus, zumal, wenn sie den Kopf schüttelte und das kurze Haar hin und her wippte.

Mit einem tiefen Atemzug richtete er sich auf und sagte:

»Es ist etwas sehr Ungewöhnliches, das mich zu Ihnen führt, Käte, und ehe ich es ausspreche, möchte ich Sie fragen, ob Sie überzeugt sind, daß ich Ihnen so gegenüberstehe, wie ich vielleicht zu einer jungen Schwester stehen würde?«

Sie sah ihm ein wenig erstaunt in das erregte Gesicht.

»Ich glaube, Günter, daß ich von Ihrer Sympathie überzeugt sein kann. Sie sind immer sehr freundlich zu mir gewesen und haben mich nie als lästigen Eindringling in ihr Elternhaus behandelt.«

»Dazu hatte ich wirklich keine Veranlassung! Ich bin sehr froh, daß mein Vater Sie ins Haus gebracht hat, denn Sie haben zwischen ihm und mir eine gute Vermittlerin gespielt. Sie wissen, Käte, daß Vater und ich zu verschiedene Charaktere sind, um immer in Frieden miteinander auszukommen.«

Mit einem feinen Lächeln sah sie zu ihm auf.

»Wenn ich mir erlauben darf, etwas zu äußern, so ist es das, daß Sie sich in einem Irrtum befinden. Es kommt zwischen Ihnen und Ihrem Vater nur deshalb so leicht zu Schroffheiten — weil Sie einander zu ähnlich sind.«

Er stutzte und sah sie erstaunt an: »Zu ähnlich? Unsere Charaktere sollen sich ähnlich sein?«

»Viel mehr, als Sie es selbst denken. Gerade da, wo Ihre Charaktere einander gleichen, setzt auf beiden Seiten das Verständnis und die Duldung aus.«

Er schüttelte den Kopf. »Ihre Worte berühren mich sonderbar. Ich finde die Art meines Vaters oft unerträglich — und nach Ihrer Ansicht soll ich einen ähnlichen Charakter besitzen?«

»Unerträglich erscheint er nur Ihnen. Sie leiden beide, weil Sie sich gegenseitig an den gleichen, markanten Stellen Ihrer Charaktere wund reiben. Verzeihen Sie, Günter, daß ich das so offen ausspreche. Mir ist, als müsse ich das auch Ihrem Vater einmal sagen, weil ich denke, das müßte Ihnen gegenseitig helfen. Ich meine es gut — sonst würde ich mir nicht erlauben, solch ein Urteil abzugeben. Ich habe ja kein Recht dazu.«

Er wehrte heftig ab. »Sprechen Sie doch nicht immer, als bestehe Ihr Dasein in unserem Haus nur aus tausend Pflichten und aus keinem einzigen Recht.«

»Es ist aber so — oder vielmehr — mein ganzes Dasein hier

legt mir nur eine einzige große Pflicht auf — die der Dankbarkeit. Rechte habe ich nicht.«

Kopfschüttelnd sah er sie an.

»Das sind also die Gedanken, die hinter Ihrer hübschen Stirn spazierengehen? Sie sind sich gar nicht bewußt, daß wir, Vater und ich, Ihnen viel mehr zu danken haben als Sie uns. Allein durch Ihr Hiersein verpflichten Sie uns zur Dankbarkeit, denn wenn in diesem Haus noch etwas von Familienfrieden und Zusammengehörigkeit zu finden ist, so ist das Ihnen zu danken. Das wird mir jetzt erst klar, wo ich es ausspreche. Wenn Sie wüßten, eine wie unbehagliche Stimmung hier herrschte, ehe Sie kamen, würde Ihnen der Unterschied zwischen damals und jetzt auch auffallen. Ich will noch gar nicht davon sprechen, was Sie uns täglich für große und kleine Dienste leisten, wie Sie Behagen und Ordnung um uns verbreiten und den ganzen Haushalt wie am Schnürchen lenken, was bei Ihrer Jugend bewundernswert ist. Und nun reden Sie noch von einer Pflicht der Dankbarkeit«, sagte er in herzlichem Ton.

Ihr Gesicht hatte sich von neuem gerötet.

»Ich fand hier eine Heimat, ich fand Güte und Freundlichkeit — wenn ich dafür nicht mit tausend kleinen Diensten danken könnte, womit sollte ich es sonst tun?«

»Nun gut — so stehen wir mindestens gleich um gleich einander gegenüber. Sie haben also nicht nur Pflichten, sondern auch Rechte. Aber nun komme ich wieder auf Ihren Ausspruch zurück, daß mein Charakter dem meines Vaters ähnlich sein soll. Ich war stets vom Gegenteil überzeugt.«

»Wie Ihr Vater auch, Günter. Er behauptet gleichfalls, Sie und er seien verschieden wie Tag und Nacht. Und doch sind Sie beide im Irrtum. Ich habe Gelegenheit genug gehabt, Ihre Charaktere kennenzulernen. Sie sind beide sehr stolz und eigenwillig, beide konsequent bis zur — darf ich es sagen — bis zur Halsstarrigkeit, wenn Sie etwas als recht erkannt haben. Sie sind auch beide sehr positiv und gar nicht gewillt, schwachherzige Zugeständnisse zu machen, trotzdem ist der

Grundzug Ihrer Charaktere eine liebenswerte Güte. Seltsamerweise reiben Sie sich beide viel mehr an Ihren Vorzügen als an Ihren Fehlern.«

Er sah nachdenklich vor sich hin.

»Mein Vater ist sehr hart, despotisch und ungerecht — sind das auch Eigenschaften, die Sie an mir entdeckt haben?« fragte er jetzt.

Käte überlegte. Dann antwortete sie lächelnd:

»Sie vergessen, daß Sie noch viel jünger sind als Ihr Vater, den das Leben wohl noch härter gemacht hat. Was Sie despotisch nennen, ist vielleicht nichts als die Gewohnheit des Herrschens. Er muß über viele Menschen bestimmen. Und wenn Sie das eines Tages werden tun müssen — werden auch Sie darin Ihrem Vater gleichen. Ungerecht aber — nein —, ungerecht habe ich Ihren Vater noch nie gefunden.«

Günter strich das Haar aus der Stirn. Seine festen Gesichtszüge hatten einen unbehaglichen Ausdruck angenommen. Der feste Zug um Mund und Kinn wurde dadurch vertieft, daß er die Zähne fest zusammenbiß; seine grauen, tiefliegenden Augen blickten düster vor sich hin.

»Ich stoße mich wund an dieser Härte, an diesem Despotismus, und ich finde es ungerecht, daß er diesen auch mir gegenüber geltend macht, genau wie allen denen gegenüber, die von ihm abhängig sind.«

Sie sah ihn flehend und dringlich mit ihren braunen Augen an.

»Günter — all diese Menschen fühlen sich wohl unter seiner starken Hand. Haben Sie noch nie darüber nachgedacht, daß Sie ihn mit ein wenig Nachgiebigkeit und freiwilliger Unterordnung entwaffnen können?« fragte sie weich.

Er lauschte mit einem ganz seltsamen Gefühl auf ihre weiche, klare Stimme und sah versonnen in ihr Gesicht.

»Seltsam, Käte, wie Ihre Worte auf mich wirken. Schade, daß wir bisher nie dazu gekommen sind, darüber zu sprechen. Wenn wir einmal zusammen plauderten, waren es immer oberflächliche Themen, die zur Sprache kamen. Offen gestanden, ich habe bisher gar nicht gewußt, was für ein Gewinn es ist, seine Gedanken mit Ihnen auszutauschen. Ich fürchte, ich habe Sie sehr unterschätzt — in jeder Beziehung, und habe versäumt, Ihnen innerlich näherzukommen. Das tut mir jetzt sehr leid. Aber zum Glück läßt sich dies Versäumnis nachholen. Und ich bin sehr froh, daß ich jetzt zu Ihnen gekommen bin mit meinem bedrückten Herzen. Wenn ich Ihnen vorhin sagte, daß ich mich wund stoße an der Härte meines Vaters, so habe ich dazu heute eine besondere Veranlassung.«

In Kätes Herzen erwachte eine heiße Freude über seine Worte. Wie dankbar war sie dem Schicksal, daß Günter den Weg zu ihr gefunden hatte, da ihn ein Leid bedrückte. Noch nie war der Wunsch, zwischen Vater und Sohn ausgleichen und vermitteln zu können, so stark gewesen, wie gerade jetzt, wo man sich so ruhig aussprechen konnte.

»Hat es wieder etwas zwischen Ihnen gegeben?« fragte sie voller Teilnahme.

Er atmete tief auf. Und dann stieß er erregt hervor: »Meines Vaters Despotismus geht so weit, daß er mir vorschreiben will, welche Frau ich heiraten darf!«

Sie zuckte leise zusammen und erblaßte. Aber mit Aufbietung aller Kraft zwang sie sich zur Ruhe.

»Wie könnte er das?« fragte sie heiser. Er sprang auf, von innerer Unruhe getrieben.

»Ja — wie könnte er das? Aber er hat es tatsächlich getan — und deshalb komme ich zu Ihnen, Käte. Wir müssen ein Schutz- und Trutzbündnis schließen gegen meines Vaters Willkür, weil er starrsinnig an dem festhalten wird, was er will.«

Beklommen sah sie ihn an. »Aber was kann ich dabei tun? Weshalb wollen Sie gerade ein Bündnis mit mir schließen?«

»Weil er machtlos sein wird, wenn wir zusammenhalten. Denn die Frau, die mein Vater mir ausgesucht hat, sind Sie, Käte.«

Sie schrak zusammen wie unter einem Schlag und wurde totenblaß. Ihre Augen blickten starr und erloschen.

»Ich — soll Ihre Frau werden?« sagte sie tonlos.

Er faßte ihre bebende Hand. »Nicht wahr, Käte, jetzt erschrecken Sie auch? Aber seien Sie ruhig, hier ist seine Macht zu Ende. Zu einer Heirat läßt man sich nicht kommandieren. Deshalb kam ich zu Ihnen, Käte, wir müssen beide Front machen gegen diese Vergewaltigung. Wenn wir nur zusammen einig sind, Käte, dann muß er einsehen, daß sich diesmal sein Wille nicht durchsetzen läßt«, sagte er fast weich.

Mit übermenschlicher Anstrengung zwang sich Käte zur Ruhe. Sie hätte weinen mögen in namenloser Qual. Da stand der Mann vor ihr, dem die Liebe ihres Herzens gehörte, und bäumte sich auf gegen den Gedanken, daß sie seine Frau werden könnte. Es erschien ihm ungeheuerlich, daß sein Vater ihm eine ungeliebte Frau aufzwingen wollte. Ungeheuerlich erschien es auch ihr, daß Onkel Heinrich so über sie verfügen wollte, ohne sie zu fragen, obwohl sie wußte und fühlte, daß er es gut mit ihr meinte. Unsagbar gedemütigt kam sie sich vor, und das gab ihr Kraft, ihre Haltung zu bewahren. Es ging nur wie ein schmerzhafter Riß durch ihre Seele, daß Günter sich gegen eine Verbindung mit ihr wehrte wie gegen einen Schicksalsschlag. Was hätte sie darum gegeben, wenn sie jetzt hätte allein sein können, um sich ihrem Jammer hinzugeben. Aber sie war wehrlos Günters Blicken preisgegeben und von einer furchtbaren Angst gepeinigt, er könne merken, was in ihr vorging.

Günter wartete allerdings gespannt darauf, was Käte erwidern würde. Er sah, daß sie sich verfärbt hatte und gegen eine starke Erregung ankämpfte, aber er ahnte nicht, welcher Art diese Erregung war.

Endlich hatte sich Käte wieder ganz in der Gewalt. Sie faßte nach den Armlehnen ihres Sessels und sah vor sich hin. Anzusehen wagte sie Günter jetzt nicht. Sie hätte jetzt nicht in seinen Augen lesen mögen, wie gleichgültig sie ihm war.

Und mit tonloser Stimme sagte sie zu ihm: »Ja — das muß er einsehen.«

Er nickte überzeugt. »Nicht wahr, Käte, auch Sie lassen

sich nicht in eine Ehe hineinzwingen, zu der Sie Ihr Herz nicht treibt?«

»Lieber sterben!« stieß sie atemlos hervor.

Er ahnte nicht, wie grausam er war. »Gottlob, daß wir darüber einig sind, Käte. Sie müssen mich nicht falsch verstehen — eigentlich klingen meine Worte sehr unritterlich, aber ich weiß bestimmt, daß Sie mich so wenig lieben wie ich Sie. Dazu bin ich doch genug Frauenkenner, um zu wissen, daß ich Ihnen bestenfalls sympathisch bin, wie ein guter Freund. Und glücklich der Mann, der Sie einmal als liebende und geliebte Frau heimführen darf. Aber Sie und ich, wir denken beide zu hoch von der Ehe, als daß wir uns zwingen ließen, nicht wahr?«

Sie strich sich das Haar aus der Stirn. »Sie haben recht, Günther. Und das werde ich auch Ihrem Vater erklären, falls er mir gegenüber diesem Wunsch Ausdruck geben sollte.«

Er setzte sich wieder zu ihr und lächelte wie erlöst. »Gott sei Dank, daß das vom Herzen herunter ist!«

Sie vermochte zu lächeln. Gott allein wußte, was dieses Lächeln sie kostete und der Versuch zu scherzen, als sie sagte: »Hat es Sie so arg bedrückt, Günter?«

Er beugte sich vor. »Ja — aus einem besonderen Grund, Käte, und den will ich Ihnen jetzt offenbaren. Sie sollen meine Vertraute sein. Mir ist, als seien wir uns in dieser Stunde nähergekommen als in all den Jahren, die wir zusammen verlebt haben. Darf ich mich Ihnen gegenüber so offen aussprechen, als seien Sie meine Schwester?« Er sah nicht das Zucken um ihren Mund, als sie jetzt antwortete:

»Sprechen Sie nur, Günter, ich will mir Ihr Vertrauen zu verdienen suchen.«

Er faßte nach ihrer Hand, und es fiel ihm auf, daß diese kalt und schwer in der seinen lag, obwohl jetzt all seine Gedanken sich nur auf einen Punkt konzentrierten.

»Also hören Sie mich an, Käte: Ich liebe eine Frau, die meines Vaters Engherzigkeit nicht als vollwertig anerkennt.«

Käte fühlte, wie ein scharfer, schneidender Schmerz durch

ihre Seele drang, aber sie blieb ruhig sitzen, ohne sich zu regen. Nur eine Kälte kroch durch ihre Glieder, und ihr war, als würde sie ein Frost schütteln.

»Sprechen Sie weiter«, rang es sich über ihre blassen Lippen.

Und Günter fuhr fort:

»Mein Vater hat mir nur die Wahl gelassen zwischen Ihnen oder irgendeiner anderen Dame aus vermögenden Kreisen. Aber die Frau, die ich liebe und die mich von ganzem Herzen wiederliebt, gehört unseren gesellschaftlichen Kreisen nicht an. Sie ist Schauspielerin. Mein Vater wird, wie ich ihn kenne, niemals einwilligen, daß ich sie zu meiner Frau mache. Sie kennen ja den hochmütigen Kastengeist der Generation meines Vaters, den auch die neue Zeit nicht getötet hat. Wer nicht zu dieser Sphäre gehört, wird als minderwertig abgetan. Aber das soll mich nicht abhalten, mich zu meiner Liebe zu bekennen. Heute hätte mein Vater mich zu einem Entschluß getrieben, wenn ich nicht schon vorher entschlossens gewesen wäre, Lori Leixner zu meiner Frau zu machen.«

Wieder zuckte Käte leise zusammen. Der Name dieser Schauspielerin war ihr nicht fremd. Sie war eine eifrige Theaterbesucherin und kannte fast alle Schauspieler und Schauspielerinnen mit Namen. Dazu gehörte auch Lori Leixner.

Sie spielte zwar, wie Käte wußte, nur kleine Rollen, aber sie war ihr durch ihre große Schönheit aufgefallen. Und eines Abends nach der Vorstellung hatte Käte mit Günters Vater vor dem Theater auf das Vorfahren des Wagens gewartet. Da war Lori Leixner an ihr vorübergegangen am Arm eines bekannten Lebemannes. Sie hatte sich girrend und kokettierend in seinen Arm geschmiegt und gerade, als sie bei Käte vorüberkam, zu ihm gesagt:

»Aber Schatz, ich habe dich sehnsüchtig erwartet.« Und ihn dabei verliebt angesehen.

Diese Worte hatten Käte lange im Ohr geklungen, und sie hatte das Gefühl, dieses schöne Geschöpf, das seine Sätze auf der Bühne so seelenlos herunterplapperte, habe diese Worte mit verhaltener Leidenschaft hervorgestoßen.

Und diese Frau wollte Günter Warneck heiraten — diese Frau, die noch vor wenigen Wochen einen anderen Mann Schatz nannte und ihm versicherte, daß sie ihn sehnsüchtig erwartet habe.

Ihr war, als presse eine rauhe Hand ihre Kehle zusammen. Ihr eigener Schmerz verblaßte vollständig vor der Angst um Günter. Es erschien ihr kaum zweifelhaft, daß er sein Herz an eine Frau verloren hatte, die seiner nicht würdig war. Großer Gott, wenn er sie wirklich heiratete! Wenn er sich auf ihre Treue, ihren Wert verließe, und dann eines Tages erkennen mußte, daß er sich geirrt hatte.

Ihr war, als müsse sie ihm sagen, was sie an jenem Abend gehört hatte. Aber es wollte nicht über ihre Lippen. Gerade sie durfte nichts tun, um ihn vor einem entscheidenden Schritt zu bewahren — weil sie ihn selbst liebte. Ihr waren die Hände gebunden. Sie konnte die andere nicht anklagen. Untätig mußte sie zusehen, was er beginnen würde, sie dürfte ihn nicht daran hindern.

So fragte sie nur mit verhaltener Stimme: »Was soll aber werden, wenn Ihr Vater seine Einwilligung nicht gibt?«

Er ließ sich in seinen Sessel zurückfallen. Seine Hände schlugen hart auf die Armlehnen auf. »Dann heirate ich Lori Leixner ohne seine Einwilligung.« Es klang fest entschlossen. Sie faltete die Hände in jäher Angst.

»Es wird dann einen Bruch zwischen Ihnen und Ihrem Vater geben, Günter. Soweit ich ihn kenne, verzeiht er es nicht, wenn Sie — wenn Sie eine Schauspielerin heiraten. Ich weiß, er urteilt sehr streng über die Damen vom Theater und — ach, mein Gott — was soll das werden?«

Er strich sich über die Stirn. »Es ist rührend von Ihnen, Käte, wie meine Angelegenheiten Sie aufregen. Ganz blaß und ängstlich sind Sie geworden.«

Sie rang mit ihrer Angst und Sorge und mit ihrer Liebe und sagte tapfer. »Ich zittere vor einer Auseinandersetzung zwischen Ihnen und Ihrem Vater, Günter.«

Er wehrte ab: »Stellen Sie sich das nicht schlimmer vor, als es ist. Wenn mein Vater einsehen muß, daß seine Weigerung nichts ändert, wird er sich eben fügen müssen.«

Sie seufzte tief auf. »Das wird hart auf hart gehen. Gerade, weil Sie beide Eisenköpfe sind, wird keiner nachgeben wollen.«

»Vielleicht haben Sie wirklich recht, vielleicht gleichen sich unsere Charaktere zu sehr, um ein friedliches Auskommen möglich zu machen. Jetzt, da Sie es ausgesprochen haben, will es mir fast selbst so scheinen. Ich habe nur noch nie darüber nachgedacht, habe nur immer geglaubt, wir seien zu verschieden, um uns verstehen zu können. Vielleicht erscheinen uns die eigenen Fehler an einem anderen Menschen am unerträglichsten. Ich will jedenfalls Ihre gutgemeinten Worte beherzigen, Käte, und in Zukunft versuchen, meinen Vater durch etwas mehr Nachgiebigkeit zu entwaffnen.«

»Daran werden Sie sehr gut tun, Günter, es wird entschieden Ihr Verhältnis zueinander günstig beeinflussen. Ihr Vater ist ja zu alt, um sich noch viel ändern zu können. Sie sind jünger, und Ihnen wird es leichter fallen.«

Er lachte ein wenig. »Glauben Sie? Nun — so sehr leicht wird es mir freilich nicht fallen, aber ich will mir Mühe geben. Nur in dieser Angelegenheit darf mein Vater mir nicht dreinreden. Machen Sie doch nicht so ängstliche Augen, kleine Käte. Und helfen Sie mir ein wenig, ja? Vater gibt viel auf Sie. Vielleicht können Sie ihn ein wenig beeinflussen.«

Sie preßte die Handflächen zusammen. »Wenn ich es könnte — nichts sollte mir zu schwer fallen, wenn ich Ihnen helfen könnte — zu Ihrem Glück. Aber bitte, glauben Sie nicht, daß ich dazwischenreden will — ich habe ja kein Recht dazu — aber — wird Ihnen eine Ehe mit dieser Dame auch wirklich das Glück bringen, das Sie sich ersehnen?«

Er lächelte zuversichtlich. »Sie kennen die Liebe nicht, Käte. Wenn man liebt, kann man nur glücklich sein im Zusammensein mit der geliebten Frau, sonst ist man eben unglücklich.«

»Sonst ist man eben unglücklich«, sagte sie leise vor sich hin — und sie fühlte, wie recht er hatte.

»Ja, Käte, Sie können mir glauben, daß ich nur glücklich werde, wenn ich Lori Leixner heiraten kann.«

Sie sah ihn mit einem unbeschreiblichen Blick an. »Gott mag Ihnen alles Glück der Welt schenken, Günter, darum will ich beten.«

Wieder faßte er ihre Hand. »Wie fromm und gut Sie sind, Käte. Ich glaube, ich habe das Beten ganz verlernt. Beten Sie für mich — ein Gebet aus einem so frommen, reinen Herzen muß ja wirkungsvoll sein. Aber nun will ich Sie nicht länger aufhalten.«

»Sie stören mich nicht — und — ehe Sie gehen, möchte ich noch eine Bitte aussprechen.«

»Was kann ich für Sie tun, Käte?«

»Nichts für mich. Ich möchte Sie nur bitten — beschwören — prüfen Sie sich und die Frau, die Sie lieben, genau! Überlegen Sie sich reiflich, ob der Gewinn des Einsatzes wert ist. Es geht ja um Ihr Lebensglück, Günter!«

Er sah seltsam gefesselt in ihre flehenden Augen — in diese schönen, beseelten Augen, deren klare Schönheit er heute zum ersten Male erkannte.

»Es ist, glaube ich, das erstemal, daß Sie mich um etwas bitten, Käte. Ich weiß wenigstens bestimmt, daß Sie mich noch nie mit einem so flehenden Ausdruck angesehen haben«, sagte er versonnen.

Sie errötete jäh und senkte die Augen. »Ich bat ja nicht für mich«, sagte sie leise.

»Um so rührender ist es für mich. Ich danke Ihnen, daß Sie sich meine Sache so sehr zu Herzen nehmen. Also heute in acht Tagen wird die Entscheidung fallen — bis dahin soll ich meinem Vater meinen Entschluß mitteilen. Und er wird ihn erhalten.«

Sie drückte die Hände aufs Herz. »Ich will alles tun, was ich kann, um Ihren Vater zur Milde zu bewegen. Aber er wird halsstarrig sein — wie Sie.«

»Trotzdem werde ich Ihnen für jedes gute Wort danken, das Sie für mich einlegen. Und wenn Sie einmal im Leben Rat und Hilfe brauchen, dann kommen Sie zu mir. Diese Stunde hat uns zu Freunden gemacht, nicht wahr?«

Sie legte ihre Hand in die seine. Ihre Augen glänzten feucht. »Ich will mir diese Freundschaft zu verdienen suchen, Günter.«

So schieden sie.

Käte sah Günter nach, als er durch den Garten davonging. Ihre Hände preßte sie fest auf das Herz.

»Hilf ihm, Vater im Himmel! Ich will klaglos alles tragen, aber hilf ihm«, betete sie inbrünstig.

II

Am Abend dieses Tages saß Käte mit Heinrich Warneck allein im Wohnzimmer. Günter hatte zwar mit ihnen zu Abend gegessen, war dann aber fortgegangen.

Der Vater sah ihm eine Weile schweigend nach. Dann sagte er aufatmend zu Käte: »Würdest du ein paar Lieder singen, Käte? Ich bin heute in einer unbehaglichen Stimmung, die soll mir dein Gesang verscheuchen. Und dein Gesang tut mir immer so wohl.« Er blickte sie an.

Käte erhob sich sofort.

»Gern, Onkel Heinrich. Hast du einen besonderen Wunsch, was ich singen soll?«

Er sah zu ihr auf. Sie stand rank und schlank vor ihm in ihrer frischen Anmut, ein Bild blühenden Lebens, köstlicher Reinheit und Unberührtheit.

So etwas Liebes und Schönes hatte er seinem Sohne zur Lebensgefährtin ausgesucht. Konnte sich Günter da noch besinnen, mit beiden Händen zuzugreifen? Konnte er nur eine Minute im Zweifel sein, ob er diesem Prachtmädel eine geschminkte Theaterdame vorziehen solle? Wirkten die gespielten Szenen so auf ihn, daß er darüber die stille Anmut einer Käte Harland unbeachtet ließ?

Ich muß ihn zu seinem Glück zwingen, wenn er unvernünftig ist, dachte der Vater.

»Es ist ganz gleich, was du singst, Käte. Deine Lieder sind alle Medizin für mich und mein betrübtes Herz.« Sie faßte seine Hand.

»Hast du ein betrübtes Herz, Onkel Heinrich?«

Er atmete tief auf. »Ein wenig — es geht mir etwas gegen den Strich, Käte.«

»Kann ich dir nicht anders helfen als durch meine Lieder? Die sind doch so schlicht und anspruchslos.«

»Gerade weil sie das sind, sprechen sie zum Herzen, und ich kann dir sagen, daß deine Lieder mir viel besser gefallen als die einer gefeierten Sängerin.«

»Es freut mich, Onkel Heinrich, daß dir mein Gesang gefällt, aber es ist mir unbegreiflich, denn ich habe nie regelrechte Gesangstunden gehabt.«

»Die Nachtigallen haben auch keine Gesangstunden, und die Lerchen auch nicht. Also laß dich hören!«

Sie zögerte noch einen Augenblick, allzu gern hätte sie ihn gefragt, was ihm das Herz bedrücke, aber sie wagte es nicht.

Wenn er nicht von selber sprach, vermochte sie nichts zu Günters Gunsten vorzubringen. Der sonst so gütige Onkel Heinrich konnte auch zu ihr schroff und hart sein, wenn sie seine Stimmungen nicht respektierte. Und ihm gegen seinen Willen auch nur ein Wort zu entreißen, erschien ihr unmöglich. So ging sie in das Musikzimmer hinüber, das an das Wohnzimmer grenzte. Hier stand der kostbare Flügel, den einst Günters Mutter benutzt hatte. Heinrich Warneck war immer ein Enthusiast für Hausmusik gewesen. Käte hatte eine sehr musikverständige Mutter gehabt, und ihr verdankte sie ihr musikalisches Talent. Sie suchte nun in den Noten und ließ sich dann am Flügel nieder. Wenn Günter nicht zu Hause war, sang und spielte sie sehr gern, nur in seiner Gegenwart war sie nie dazu zu bewegen. Aber heute hätte sie am liebsten geschwiegen, die ungeweinten Tränen saßen ihr noch im Hals.

Leise begann sie ein Vorspiel, dann sang sie ein Schumannsches Lied. Diesem ließ sie das Lied der Solveig von Grieg folgen, und zuletzt kam sie, sie wußte selbst nicht wie, auf das »Veilchen« von Mozart.

Sie hatte ganz vergessen, daß sie einen Zuhörer hatte, und es lag mehr von ihrem Empfinden in ihren Liedern, als sie zeigen wollte. Unbewußt sprach sich in dem letzten Lied ihre ganze resignierte Bescheidenheit, die ganze Hoffnungslosigkeit ihrer eigenen jungen Liebe aus:

Ach, dacht' das Veilchen, wär ich nur
Die schönste Blume der Natur
Ach — nur ein kleines Weilchen.

Das klang wie brennende Sehnsucht. Sie war sich ihrer eigenen Unscheinbarkeit so sehr bewußt und wäre doch so gern schön und verführerisch gewesen, nicht nur, um das eigene Glück, sondern vor allem, um Günter Warneck zu retten, ihn abzulenken von der Frau, die seiner gewiß nicht wert war und die ihn nicht glücklich machen würde. Aber er strebte eben nur nach der stolzen Rose und beachtete nicht das bescheidene Veilchen in seinem Hausgarten.

Ja, er zertrat das arme Veilchen.

Es sank und starb und freute sich noch —.

Wie Tränen klang es durch ihre Stimme, als sie zum Schluße sang:

»Das arme Veilchen,
Es war ein herzig's Veilchen.«

Wie ein Hauch, wie ein Seufzer verklang dieser Schluß.

Auf der Schwelle des Musikzimmers erschien Heinrich Warneck.

»Nun sag' mir nicht wieder, daß deine Lieder zu schlicht und anspruchslos sind. Dies letzte hast du gesungen wie eine gottbegnadete Künstlerin, kleine Käte. Das hast du sicher den Nachtigallen abgelauscht.«

Käte war leise zusammengezuckt, sie hatte vergessen, daß sie nicht allein war. Wie aus einem Traum erwachend, sah sie zu dem alten Herrn auf und sagte bescheiden:

»Ich singe dies Lied besonders gern, Onkel.«

»Ja ja, ich hörte es schon einigemal von dir, aber nie hast du es so ergreifend gesungen wie heute. Das arme Veilchen! Komm, Käte, wir wollen noch ein wenig plaudern.«

Und der Mann legte den Arm väterlich um ihre Schulter und führte sie so ins Wohnzimmer zurück. Mit einem Gefühl der Rührung sah er auf ihr geneigtes Köpfchen herab.

»Kleine Käte — bist selbst so ein bescheidenes kleines Veilchen«, sagte er lächelnd.

Sie sah mit ihren schönen Augen zu ihm auf. »Es kommt mir auch nicht zu, etwas anderes zu sein, Onkel Heinrich.«

»Nun, darüber ließe sich streiten. Aber mit dir will ich es nicht tun, mit dir will ich immer in Frieden leben — muß ich mich doch genug mit meinem widerspenstigen Sohn herumstreiten.«

Sie faßte seine Hand. »Das muß doch nicht sein!« entfuhr er ihren Lippen.

Er setzte sich ihr gegenüber und zog die Stirne kraus.

»Nein, es müßte nicht sein, wenn Günter nicht so starrköpfig und widerspenstig wäre.«

Sie nahm das Herz tapfer in die Hände, um für Günter eine Lanze brechen zu können.

»Ein Mann muß doch einen festen Willen haben und eine bestimmte Meinung, Onkel Heinrich. Wäre Günter ein Schwächling, der dir immer nur nach dem Munde redete, dann hättest du Ursache, dich zu beklagen. Du solltest dich freuen, daß dein Sohn ein ganzer Mann ist!«

Der alte Herr sah mit einem humorvollen Schmunzeln zu ihr auf. »Sieh, sieh — jetzt regst du dich auch noch mit mir auf, Günters wegen.«

Sie atmete erregt. »Verzeih, Onkel Heinrich, wenn ich mir erlaube, eine Meinung darüber zu äußern. Ich denke mir, du weißt recht wohl, daß Günter in allen Dingen dein Ebenbild ist. Den Starrkopf hat er von dir geerbt, und wenn er nicht auch die Widersetzlichkeit von dir geerbt hat, so liegt das daran, daß du gegen niemand als gegen dich selbst widersetzlich sein kannst, weil du keinen Herrn über dir duldest.« Er richtete sich überrascht auf.

»Oho, kleine Käte! Was ist denn plötzlich in dich gefahren? Kennst du mich als starrköpfig?«

»Verzeih — ich nenne eine feste Beharrlichkeit nicht Starrköpfigkeit. Und diese feste Beharrlichkeit, die du Starrköpfigkeit nennst, die hat Günter ganz entschieden von dir geerbt.«

Er sah sie ganz betroffen an. »Nun siehe einer die kleine Nachtigall an, die plötzlich wie eine Elster plappert! Von mir geerbt? Du sagst, Günter habe seinen Starrkopf von mir geerbt?«

Sie nickte tapfer. »Ja, ganz gewiß. Und du müßtest dich eigentlich freuen, daß er solche prägnanten Charakterzüge von dir hat. Es ist ein gutes, wertvolles Erbe.«

Eine Weile sah der alte Herr starr vor sich hin. Er wußte nicht, wie es kam, aber Kätes Worte hatten plötzlich einen Schleier von seiner Erinnerung fortgezogen. Er mußte jener Zeit gedenken, da er etwa in Günters Alter gewesen war. Hatte er damals nicht auch seinem Vater mit derselben Starrköpfigkeit gegenübergestanden, wie Günter jetzt ihm? Und hatte er damals in seiner Widersetzlichkeit nicht beinahe eine Torheit begangen, die nie gutzumachen gewesen wäre und von der ihn nur Klaus Harland, sein Freund, zurückgehalten hatte?

Ja, ja — die Warnecks hatten allezeit harte Köpfe, sonst hätten sie es nicht so weit gebracht. Aber — mußte immer ein Warneck gegen den anderen mit dem Starrschädel anrennen? Er selbst hatte doch auch erkannt, daß es sein Vater gut mit ihm gemeint hatte, und er hatte eingesehen, daß sein Vater ihn liebte trotz aller Härte, und hatte es ihm später mit herzlicher Liebe gedankt. Günter sollte das auch einsehen.

»Ich habe Günter sehr lieb, Käte, wenn ich es auch nicht so zeigen kann, wie ich möchte — weil er mich immer wieder reizt«, sagte er, halb gegen seinen Willen von Kätes bittenden Augen bezwungen.

»O lieber Onkel Heinrich, Günter liebt dich ebenfalls von ganzem Herzen und kann es dir auch nicht so zeigen, weil ihr beiden harte Köpfe immer so scharf aneinandergeratet«, sagte Käte tapfer in ehrlichem Bemühen, Günter helfen zu können.

Der alte Herr sah sie nachdenklich an. »Meinst du? Bist du so fest davon überzeugt, daß er mich liebt?«

»Ganz fest.«

»Du hast überhaupt eine gute Meinung von ihm?« Käte nickte mit ernstem Blick und entgegnete fest: »Die beste, die man von einem Menschen haben kann.«

Forschend sah er sie eine Weile an. Dann nickte er vor sich hin. »Nun gut, ich will dir glauben, daß sein harter Kopf ihn nicht hindert, ein warmes Herz zu haben. Und wenn er mir einen Wunsch erfüllt, an dessen Erfüllung mir viel liegt und den ich ihm heute mitgeteilt habe, dann will ich ihm alles vergeben, was er mir je mit seiner Starrköpfigkeit angetan hat.«

Käte seufzte tief auf. Sie wußte, welcher Wunsch das war, und daß Günter nicht daran dachte, ihn zu erfüllen.

»Und wenn er diesen Wunsch nicht erfüllen kann, Onkel Heinrich?« fragte sie, ihn mit bangen Augen ansehend.

Lächelnd faßte er ihre Hand. »Ich verlange nur von ihm, daß er sich glücklich machen läßt. Brauchst nicht so ängstlich auszusehen, kleine Käte. Er soll nur einen wertlosen glitzernden Glasscherben im Schmutz liegen lassen und dafür einen kostbaren Edelstein von mir annehmen. Ist das ein so unbilliges Verlangen? Sag selbst, Käte, müßte ich ihn, als guter Vater, nicht zwingen, meinen Wunsch zu erfüllen?«

Sie seufzte von neuem. »Man kann niemand zum Glück zwingen«, entgegnete sie leise.

Der alte Herr sah starr vor sich hin. »Aber ein Vater sollte unter allen Umständen die Macht haben, seinen Sohn zu hindern, in sein Unglück zu laufen. Und ich werde ganz bestimmt nicht untätig zusehen, wenn Günter das tun will.«

Käte mußte denken, daß sie dem alten Herrn viel eifriger würde zustimmen können, wenn sie nicht gewußt hätte, worin er das Glück für Günter sah. Vor Unglück konnte Onkel Heinrichs Wille seinen Sohn vielleicht bewahren, aber zum Glück zwingen — niemals!

»Ich kann dir darauf nichts antworten, Onkel Heinrich, als daß ich von ganzem Herzen wünsche, daß Günter vor jedem Unglück bewahrt bleibt.«

Er nickte. »Ich weiß, daß du ihm alles Gute wünschst, Käte.«

Als Günter Warneck das Haus verlassen hatte, begab er sich zu dem Theater, an dem Lori Leixner engagiert war. Sie war schon nach dem zweiten Akt des heute gespielten Stückes fertig, und als sie sich in ihrer Garderobe umkleidete, wurde sie von einer Kollegin, die diese Garderobe mit ihr teilte, ein wenig geneckt.

»Du hast es gut, Lori, bist schon fertig und kannst mit einem deiner treuen Verehrer essen gehen. Wer ist denn heute an der Reihe?«

Lori warf den Kopf zurück, daß die kurzen, aufgebauschten Haare wippten.

»Das geht dich gar nichts an, meine Liebe.«

»Nun, nun — man wird doch fragen dürfen. Ach — du hast ja so recht, wenn du dein bißchen Jugend und deine Schönheit genießt. Wie bald ist es aus damit. Übrigens, das Kleid, das du da anhast, hat doch ein kleines Vermögen gekostet. So etwas kann man sich eben nur leisten, wenn man jung und schön ist und reiche Verehrer hat.« Lori machte eine verächtliche Geste.

»Ich möchte nur wissen, weshalb du dich so sehr für mich interessierst«, sagte sie, ein fesches Hütchen auf die kurzen Locken drückend.

Die ältere Kollegin zuckte die Achseln.

»Das ist jetzt mein Sport — zuzusehen, wie andere die Männer an der Nase herumführen — auch umgekehrt.«

»Also wohl neidisch?«

Die bedeutend talentvollere Kollegin zuckte mit den Schultern und zündete sich eine Zigarette an.

»Ich weiß nicht, ob ich sonst mit dir tauschen möchte — aber um die nahrhaften Einladungen beneide ich dich.«

Lori warf einen befriedigten Blick in den Spiegel, zupfte die Locken noch zurecht und pfiff ein paar Takte vor sich hin.

»Daran liegt mir nicht viel — wenn man zu gut ißt, kommt man außer Form. Also guten Abend!«

»Guten Abend — viel Vergnügen!«

Lori warf bei diesem ironischen Wunsch der Kollegin den Kopf zurück.

Aber schon ehe sie den Ausgang des Theaters erreichte, hatte sie einen Ausdruck verzagter Hilflosigkeit auf ihr Antlitz gezaubert. Im Leben war sie eine bessere Schauspielerin. Und so trat sie Günter Warneck entgegen, der am Bühnenausgang auf sie gewartet hatte. Er begrüßte sie mit leuchtenden Augen.

»Endlich, Lori!« Das klang wie erlöst.

»Hast du lange warten müssen, Schatz?« Sie nannte alle ihre Verehrer Schatz, wohl, damit keine Verwechslungen vorkamen.

»Nun, da du bei mir bist, weiß ich nichts mehr davon. Die Sehnsucht ließ die Zeit länger scheinen«, sagte er, befreit aufatmend.

Sie seufzte.

»Wenn du wüßtest, wie qualvoll lang mir diese Abende im Theater werden, wenn ich weiß, daß du auf mich wartest. Überhaupt — seit ich dich kenne, hasse ich das Theater noch mehr als zuvor. Es ist mir eine Pein, auf der Bühne zu stehen und den Blicken fremder Männer preisgegeben zu sein. Sie sind so zudringlich, die Männer, und glauben, eine Künstlerin habe kein Feingefühl. Und hinter den Kulissen Neid und Bosheit — ach, Günter — bei dir ist Ruhe und Frieden.«

Und sie schmiegte sich an ihn.

Er drückte ihren Arm fest an sich. »Bald bist du erlöst,

meine Lori — bald bist du meine Frau. In nächster Zeit spreche ich mit meinem Vater.«

Sie sah ihn von der Seite forschend an. Er sah nicht den lauernden Ausdruck in ihren Augen.

»Und wenn dein Vater dir seine Zustimmung zu einer Ehe mit einer armen Schauspielerin versagt?«

»Dann wirst du trotzdem meine Frau! Ich stelle dann meinen Vater einfach der vollendeten Tatsache gegenüber. Wenn er sieht, daß nichts mehr zu ändern ist, wird er sich fügen.«

»Bist du dessen so sicher?«

»Unbedingt, du kannst ganz ruhig sein. Er wird vielleicht ein wenig zürnen und toben, aber da er ja nichts mehr daran ändern kann, daß du meine Frau bist, wieder einlenken. Solange er glauben wird, es verhindern zu können, wird er alle Mittel anwenden, mich seinem Willen gefügig zu machen, das weiß ich, und deshalb rechne ich schon heute mit einer Heirat ohne seine Einwilligung.«

Sie seufzte tief auf. »Wenn ich nur schon alles hinter mir hätte! Das Leben hat mich in eine harte Schule genommen, Günter, seit ich mit meinem Vater auch mein ganzes Vermögen verlor.«

Lori hatte Günter ein großartiges Märchen erzählt über ihren Vater und ihre früheren »glänzenden Verhältnisse«. In Wahrheit war ihr Vater ein Pumpgenie gewesen, der nur auf Kosten anderer Leute lebte, mit dem Geld seiner Mitmenschen mehr oder minder unsaubere Geschäfte machte und schließlich einem Unfall erlag, ehe er die letzte Konsequenzen seiner Handlungsweise in Gestalt einer Gefängnisstrafe hätte abbüßen müssen. Ihre Mutter hatte Lori sehr früh verloren, und der leichtfertige Vater hatte auch nicht davor zurückgeschreckt, die Schönheit seiner Tochter als Lockmittel für seine Geschäfte zu gebrauchen. Lori war genau so leichtfertig, wie ihr Vater es gewesen war. Sie lebte sorglos in den Tag hinein und ließ am liebsten andere für sich sorgen. Zur Bühne war sie erst nach dem Tod ihres Vaters gegangen.

Es beschwerte ihr Gewissen nicht, daß sie jetzt ihre Herrenbekanntschaften häufig wechselte.

Seit einigen Monaten aber hatte sie nach und nach ihren andern Verehrern den Laufpaß gegeben; denn Günter Warneck, der noch an Ideale glaubte und in ihr die reine, schutzlose, vom Unglück verfolgte Frau sah, wollte sie heiraten. Das war endlich die glänzende Partie, die sie sich ersehnte. Schlau wußte sie Günter so zu nehmen, daß er auf sie glatt hereinfiel. Während sie sich sonst ihre Gunst mit kostbaren Geschenken sehr gern bezahlen ließ, nahm sie von Günter nichts an als Blumen. Sie spielte ihm eine schlau berechnete Komödie vor und verstand, ihn völlig zu bezaubern.

Wenn er sich über ihre kostbaren Toiletten wunderte, so erzählte sie ihm, daß diese, soweit sie für die Bühne bestimmt seien, von der Direktion bezahlt wurden und Pelze, Mäntel und Kostüme trage sie für eine Firma als Reklame. Den Schmuck aber, den sie besaß, behauptete sie von ihrer verstorbenen Mutter geerbt zu haben.

»Ich habe mich nicht von diesen teuren Andenken trennen können — nur in der höchsten Not würde ich das tun«, hatte sie zu Günter Warneck gesagt.

Und er hatte ihr die Hand geküßt und erwidert: »Nie sollst du dich davon trennen, Lori! Wenn du irgendwie in Verlegenheit kommen solltest, bin ich doch da.«

Entrüstet hatte sie abgewehrt. »Bevor ich nicht deine Frau bin, nehme ich nichts von dir an als Blumen«, hatte sie erwidert.

Und er war entzückt gewesen von ihrem Stolz und hatte sie noch um Verzeihung gebeten.

»Bald bist du mein, dann darf ich dir alles geben.«

Das hörte Lori gern. Sie wartete sehnlichst darauf, die Frau Günter Warnecks zu werden, die Schwiegertochter des reichen Fabrikanten Warneck. Und um dies Ziel zu erreichen, war sie immer vorsichtiger geworden, traf sich immer seltener mit ihren anderen Verehrern und richtete sich ganz nach Günter.

Dieser war ihr außerdem auch als Mensch der angenehmste ihrer Verehrer, und soweit diese selbstsüchtige und eigennützige Person überhaupt zu lieben vermochte, liebte sie Günter, wenigstens jetzt noch.

An diesem Abend besprach Günter ganz ernsthaft mit Lori seinen Heiratsplan. Im Theater wurde Lori ohnedies in etwa zwei Wochen frei. Sie war nur für das laufende Stück engagiert, und dieses ging mit dem Monat zu Ende. Lori sollte sich dann frei halten.

»Gibt mein Vater mir heute in einer Woche nicht seine Einwilligung zu einer Verbindung mit dir, bestelle ich unverzüglich unser Aufgebot. Mag mein Vater dann, wenn ich ihm meine vollzogene Vermählung mitteile, auch zunächst ein wenig toben — wir gehen dann auf die Hochzeitsreise, meine süße Lori, und wenn wir zurückkehren, wird er sich beruhigt haben.«

Und Günter glaubte selbst an das, was er sagte. Es stand fest bei ihm, daß er in diesem Fall seinen Willen durchsetzen würde.

Lori interessierte sich sehr dafür, wohin die Hochzeitsreise gehen solle. Er ließ ihr lächelnd die Wahl, und sie schlug die Hände zusammen wie ein bittendes Kind.

»Laß uns ins Hochgebirge fahren, Günter, nach Oberbayern, Tirol, oder in die Schweiz. Die Berge im Schnee möchte ich sehen, so kenne ich sie noch nicht. Ich denke es mir wundervoll, Wintersport zu treiben, mit dir über Schnee und Eis hinwegzufliegen — in den Himmel hinein! Ach, Günter — das ist wie ein holder Traum«, schmeichelte sie.

»Es soll bald Wirklichkeit und dein Wunsch erfüllt werden, wir reisen in die Berge«, sagte er, entzückt ihre Hände küssend, die so mollig weich waren wie Kinderhände. In Wirklichkeit verrieten diese Hände Unbeseeltheit, aber das merkte er nicht. Er war wie mit Blindheit geschlagen dieser Frau gegenüber, an der alles unecht und gekünstelt war. Er glaubte an sie und brachte ihr sein ganzes Empfinden entgegen, ahnungslos, daß er für sie nichts war als ein Faktor in dem großen Rechenexempel ihres Lebens. Sie verstand es allerdings meisterhaft, ihm Sand in die Augen zu streuen. Wie hätte ein so ehrlicher, tief empfindender Mann wie er an eine so raffinierte Komödie glauben können!

III

Die Frist, die Heinrich Warneck seinem Sohn gegeben hatte, war vorüber.

»Heute spreche ich mit meinem Vater, Käte, und sage ihm, daß ich mich mit Lori Leixner verlobt habe. Halten Sie mir die Daumen, daß alles gutgeht«, sagte Günter, als er sich am Morgen nach dem Frühstück von Käte verabschiedete.

Sie sah ihn besorgt an. »Wollen Sie die Entscheidung nicht noch ein wenig hinausschieben? Ich habe leider noch nicht viel zu Ihren Gunsten mit Ihrem Vater sprechen können«, bat sie voll Unruhe.

Er schüttelte heftig den Kopf. »Nein, Käte, es muß jetzt klar werden. Ich kann meine Braut nicht länger in diesen ungewissen Verhältnissen lassen.«

Ein banger Seufzer kam aus Kätes Brust. »Dann wünsche ich Ihnen Glück auf den Weg. Möge sich alles so fügen, wie es zu Ihrem Glück notwendig ist. Gott sei mit Ihnen!«

Er faßte ihre Hand und sah ihr eine Weile in die Augen.

»Ich danke Ihnen, liebe Käte. Sie meinen es gut mit mir, das fühle ich.«

»Wenn Sie das immer glauben wollten, Günter«, sagte sie leise, während verräterisches Rot in ihre Wangen stieg.

Bewundernd sah er in ihr Gesicht, in dem er seit kurzem ihm früher unbekannte Reize entdeckt hatte. Der Blick ihrer Augen drang jetzt immer wie ein wärmender Sonnenstrahl in sein oft so unruhiges Herz.

Er nickte ihr lächelnd zu und ging aus dem Haus. Noch einmal seufzte sie tief auf, dann wandte sich Käte schweren Herzens um und ging an ihre Arbeit. Sie hatte allerlei Verrichtungen oder mußte die Leute dazu anstellen. Aber bei allem, was sie tat, dachte sie an Günter. Sie wußte nicht, ob sie ihm wünschen sollte, daß er sich mit Lori Leixner verheiratete. Daß sein Vater seine Einwilligung nicht geben würde, erschien ihr sicher. Jedenfalls sah sie Kämpfe und harte Worte voraus und fürchtete ein ernstes Zerwürfnis zwischen Vater und Sohn. Voller Unruhe vergingen für Käte die Stunden, bis Günter und sein Vater zum Mittagessen heimkommen würden.

Günter war im Auto zu den Fabriken hinausgefahren. Hier herrschte, wie immer, reges Leben und Treiben. Das Auto hielt vor dem großen Verwaltungsgebäude. Günter fuhr im Fahrstuhl hinauf zu seinem Privatbüro. Nachdem er die für ihn bereitliegende Post durchgesehen hatte, rief er seinen Vater an und fragte, ob er jetzt ein wenig Zeit für ihn habe. Da klang die Antwort auch schon zurück:

»Komm nur herüber, Günter, ich erwarte dich.«

»Gleich, Vater.«

Wenige Minuten später trat Günter in den großen, elegant ausgestatteten Raum, in dem sein Vater seine Geschäfte zu erledigen pflegte. Hier liefen alle Fäden des großen Betriebes ineinander.

Der alte Herr, der sich in letzter Zeit befleißigt hatte, seinem Sohn gegenüber einen etwas milderen Ton anzuschlagen, saß am Schreibtisch und sah zu ihm auf.

»Was bringst du mir, Günter?«

Dieser atmete tief auf. »Du wolltest heute meine Entscheidung haben in der Frage, die du mir heute vor einer Woche gestellt hast. Ich bin gekommen, um dir zu sagen, daß es mir unmöglich ist, Käte Harland zu meiner Frau zu machen. Ich habe mich auch mit Käte darüber ausgesprochen — sie denkt ebenfalls nicht daran, mich zu heiraten.«

Mit einem seltsam aufzuckenden Blick sah Heinrich

Warneck seinen Sohn an. »So? Sie denkt nicht daran? Also hat sie dir auf deine Werbung eine Absage gegeben?«

»Nein, dazu ist es nicht gekommen. Ich habe nicht um Kätes Hand angehalten. Aber ich habe ihr gesagt, daß du wünschest, daß ich es tun solle und daß ich überzeugt sei, daß sie so wenig wie ich selbst den Wunsch habe, mich zu heiraten. Sie hat mir völlig zugestimmt.«

Die Stirn des alten Herrn hatte sich gerötet. Aber er hielt an sich und sagte mit erzwungener Ruhe:

»Das ist kolossal überzeugend! Glaubst du vielleicht, daß ein Mädchen wie Käte Harland dir auf solche Worte anvertrauen würde: Nein, Sie irren, Sie haben eine falsche Überzeugung, ich würde Sie im Gegenteil gern heiraten. — Bei einer so stolzen, zurückhaltenden Natur ist es doch selbstverständlich, daß sie lieber sterben würde als einzugestehen, daß sie dich liebt, wenn du ihr sagst, daß du nicht daran denkst, sie zu heiraten. Sie kann doch gar nicht anders antworten, als sie es getan hat, wenn sie sich nicht demütigen soll. Ich bin fest davon überzeugt, daß sie dich nicht abweisen würde, wenn du in der passenden Form um sie angehalten hättest.«

Günter sah etwas betroffen vor sich hin und dachte an Kätes seltsame Erregung bei jener Unterredung. Aber er hatte jetzt Wichtigeres vor, als darüber nachzudenken, und antwortete ruhig und fest:

»Wie dem auch sei — Käte weiß, daß ich gar nicht mehr in der Lage bin, um ihre Hand anzuhalten. Sie weiß, daß mein Herz einer anderen Frau gehört, und weiß, daß diese Frau meine Braut ist.«

Unheilverkündend zuckte es in Heinrich Warnecks Augen auf, und mit gewaltsam erzwungener Ruhe fragte er:

»Und wer ist diese Frau? Ich nehme als selbstverständlich an, daß sie unseren Kreisen angehört und des Namens Warneck würdig ist.«

Günter biß die Zähne zusammen. Er wußte, jetzt würde es hart auf hart gehen.

»Die Frau, der ich mich verlobte, gehört nicht in unsere Gesellschaftskreise, aber sie ist des stolzesten Namens würdig, wenn sie auch nur eine mittellose Schauspielerin ist. Sie steht in meinen Augen um so höher, da sie ehrlich den Lebenskampf aufgenommen hat, als sie ohne ihre Eltern zurückblieb. Deshalb bitte ich dich, lieber Vater — ich habe dich selten um etwas gebeten, aber jetzt tue ich es mit aller Kraft meines Herzens — willige in meine Verbindung mit Lori Leixner.«

Der alte Herr rang mit einer furchtbaren Erregung. Dann sprang er auf, reckte sich hoch empor und schlug mit der Hand auf den Schreibtisch. Hart, unerbittlich war der Ton:

»Niemals!«

Es klang scharf und schneidend und voll unbeugsamer Härte, dieses eine Wort, und seine Blicke trafen starr und hart seinen Sohn.

»Vater!« rief Günter beschwörend.

Der alte Herr machte eine Bewegung, als durchschneide er die Luft zwischen sich und ihm. »Niemals sage ich dir! Diese Dirne kommt mir nicht in mein Haus.«

Günter fuhr empor, wie von einem Peitschenhieb getroffen. »Vater — du wagst es, meine Braut zu beleidigen!« rief er außer sich.

»Ich wage es, sie beim rechten Namen zu nennen.«

Günter krampfte die Hände zusammen und zwang sich mit aller Kraft zur Ruhe. »Man hat meine Braut bei dir verleumdet, wenn du glauben kannst, was du aussprichst.«

»Niemand hat sie verleumdet. Ich sah sie aber mit meinen eigenen Augen mit einem Herrn, der mir als Lebemann bekannt ist, aus einem Schlemmerlokal kommen, das nur von der halbseidenen Lebewelt besucht wird.«

Diese Worte blieben nicht ohne Eindruck auf Günter, aber er richtete sich auf und sagte hastig:

»Eine Künstlerin kann nicht abgeschlossen wie eine Nonne leben. Ich weiß, daß sie einige Male nicht vermeiden konnte, fraglichen Einladungen zu folgen. Das ist jedoch eine harmlose Angelegenheit. Und selbstverständlich hat sie alle derartigen Beziehungen abgebrochen. Sie hat es oft beklagt, daß sie sich nicht in den sicheren Schutz einer Familie flüchten konnte. Deshalb darf sie kein Mensch verdammen, auch mein Vater nicht!«

»Du wirst mir trotzdem gestatten müssen, daß ich mich für eine familiäre Zusammengehörigkeit mit einem Fräulein Leixner bedanke.« Wie schroff der alte Herr das sagte! Nun brach erst recht der Trotz in Günter durch und behielt die Oberhand.

»Und du wirst mir gestatten müssen, daß ich den Schimpf, den du meiner Braut angetan hast, damit wettmache, daß ich sie zu meiner Frau mache.«

»Nein, das gestatte ich nicht!«

»Ich bin mündig, Vater, und Herr meiner selbst. Hier hört deine Bevormundung auf. Meine Frau suche ich mir selbst aus.«

Heinrich Warneck starrte einen Augenblick vor sich hin. Er kämpfte seine Erregung nieder, so gut es ging, dann sagte er hart und fest:

»Nun wohl — aber ich gebe dir mein Wort, daß ich dir nie meine Einwilligung zu einer Heirat mit dieser Person gebe!«

Bei Günter brach nun ebenfalls der Starrkopf durch. »Dein Wort gegen das meine — ich habe meiner Braut mein Wort gegeben, und das werde ich auch halten und mein Versprechen einlösen!«

Heinrich Warneck ballte die Hände zusammen, und die Adern an seiner Stirn schwollen an.

»Ich hoffe, daß du dir das noch überlegst, wenn ich dir schwöre, daß ich dich an dem Tage enterben werde, an dem du dich mit einer solchen Person verheiratest, die unseres Namens unwürdig ist. Hörst du — ich schwöre es — diese Person kommt nicht in mein Haus — eher würde ich auch dich aus diesem hinausweisen.«

Nun schwollen auch Günters Adern an der Stirn an.

»Für mich gibt es nach deinen Worten nichts mehr zu überlegen. Gestatte, daß ich mich jetzt zurückziehe — ich möchte nicht vergessen, daß ich dein Sohn bin.«

»Du kannst gehen — und hoffentlich vergißt du das nie. Meinen Schwur halte ich — das weißt du.«

Günter sah seinem Vater noch einen Augenblick in das harte, unbewegte Gesicht. Etwas wie Schmerz zuckte in seinen Augen auf. Aber dann wandte er sich rasch zum Gehen.

»Auf Wiedersehen, Vater!«

»Auf Wiedersehen!«

Günter zwang, als er allein war, die Erregung in sich nieder.

Es war nur eine Machtprobe seines Vaters, daran glaubte er fest, und wenn er Lori geheiratet hatte und der Vater einsah, daß sie des Namens Warneck würdig war, dann würde seine Drohung in nichts zerfallen.

»Nur nicht bange machen lassen«, sagte er zu sich selbst.

Und er war fest entschlossen, unverzüglich den Termin für seine Hochzeit zu bestimmen.

Heinrich Warneck sah seinem Sohn eine Weile schweratmend nach. — Meinem Schwur wird er nicht trotzen, dachte er.

Dann raffte er sich auf. Es mußte etwas geschehen zu Günters Rettung, man mußte ihn überzeugen, daß diese Lori Leixner eine leichtfertige Person war und in nichts dem Idealbild glich, das er sich von seiner künftigen Schwiegertochter gemacht hatte.

Unverzüglich rief er bei dem ihm bekannten Lebemann an, in dessen Gesellschaft er Lori Leixner hatte aus dem Schlemmerlokal kommen sehen.

Am Telefon meldete sich nur dessen Diener.

»Ist Herr Körner zu sprechen?« fragte der alte Herr.

»Der gnädige Herr ist verreist.«

»Wohin?«

»Das hat er nicht hinterlassen.«

»Wann kommt er zurück?«

»In zehn bis zwölf Tagen.«

»Danke. Wenn er zurückkommt, sagen Sie ihm, ich lasse bitten, daß er mich sofort anruft.«

»Sehr wohl.«

Heinrich Warneck legte den Hörer hin. Ruhelos ging er in dem Zimmer auf und ab und überlegte, was er noch tun könne. Auf Körner allein wollte er seine Hoffnung nicht setzen, es dauerte ihm auch zu lange, bis dieser heimkehrte. Tatenlos wollte er nicht bleiben bis dahin.

Dann rief er bei einer bekannten Auskunftei an und ließ sich einen Beamten kommen. Diesem gab er den Auftrag, in Erfahrung zu bringen, welches Vorleben die Schauspielerin Lori Leixner bis zum heutigen Tage geführt habe und woher sie stamme. Er wußte, daß auch darüber erst in einiger Zeit Berichte zu erwarten waren, aber er glaubte nicht, daß es so sehr eilen würde.

Keine Ahnung kam ihm, daß sein Sohn noch an demselben Vormittag zum Standesamt ging und sein Aufgebot mit Lori Leixner bestellte, sonst hätte sich der alte Herr sicher nicht mit den bereits getroffenen Maßnahmen zufriedengegeben.

Er nahm es als selbstverständlich an, daß Günter in einiger Zeit einen neuen Anlauf nehmen würde, seine Einwilligung zu erhalten, und bis dahin hoffte er Beweise dafür erhalten zu haben, daß diese Dame eine sehr minderwertige Persönlichkeit war.

Am Mittag dieses Tages trafen Vater und Sohn fast zu gleicher Zeit zu Hause ein. Käte sah ihnen mit ängstlich forschenden Blicken entgegen, aber aus ihren Gesichtern ließ sich nichts herauslesen. Sie merkte nur, daß Vater und Sohn sich viel reservierter benahmen als in der letzten Zeit. Und daraus schloß sie, daß es Sturm gegeben habe.

So gut sie konnte, suchte sie eine oberflächliche Unterhaltung in Gang zu bringen, aber dabei schlug ihr das Herz bis zum Hals hinauf.

Endlich zog sich der Hausherr zurück, und nun trat Käte rasch an Günter heran.

»Haben Sie mit Ihrem Vater gesprochen, Günter?«

»Ja, Käte — ich habe ihm gesagt, daß wir beide, Sie und ich, nicht daran denken, uns zu heiraten.«

Er sah, wie sie jäh erblaßte und einen Augenblick in tiefer Erregung die Augen schloß. Und er mußte sich fragen, ob sie ihm wirklich gleichgültig gegenüberstand und ob sich ihr: »Lieber sterben!« auch auf ihn bezogen haben würde. Was sollten ihm solche Betrachtungen? Er hatte wirklich andere Dinge im Kopf.

Käte hatte sich schnell wieder in der Gewalt. »Und — haben Sie Ihrem Vater auch gesagt — auf wen Ihre Wahl gefallen ist?« fragte sie leise.

Er nickte.

»Ja, er weiß alles und — er hat mir nicht nur seine Einwilligung versagt, sondern mir auch gedroht, mich zu enterben.«

Sie zuckte zusammen. »Wie schrecklich!«

Er lächelte matt. »Nur keine Angst, Käte, damit schreckt man kleine Kinder, aber nicht einen Mann, der schließlich jederzeit selbst imstande ist, sich und seine Familie zu ernähren. Ich hoffe, Vater außerdem zu überzeugen, daß meine Braut ein wertvoller Mensch ist, der jeder Familie zur Zierde gereicht. Damit fällt sein Schwur, mich zu enterben, wenn ich eine unmoralische Person heirate, in nichts zusammen.«

»Mein Gott — was werden Sie tun, Günter?«

Er strich sich über die Stirn. »Was ich tun muß. Er läßt mir keine Wahl und ist starrköpfig, wie stets, wenn mein Wille dem seinen gegenübersteht«, sagte er bitter.

Sie nahm allen Mut zusammen. »Günter — wenn er nun nicht anderes handeln kann, gerade weil er seinen Sohn liebt? Er liebt Sie, Günter, glauben Sie es mir, er hat es mir selbst gesagt.«

Er lachte heiser auf. »Wenn er mich liebte, hätte er nicht so meine Braut beleidigen können, wie er es getan hat. Es ist wieder, wie stets, eine Machtprobe. Ich soll mich immer und-

unter allen Umständen seinem Willen fügen. Hier stehen sich nicht Vater und Sohn, sondern Mann gegen Mann gegenüber, und Wort gegen Wort.«

Käte seufzte tief auf.

»Wenn ich doch nur helfen könnte!« klagte sie mit starkem Ausdruck.

Er sah sie unsicher an. »Möchten Sie denn gern helfen?«

»Das weiß Gott.«

»Mir oder Vater?«

»Ihnen beiden.«

»Also auch mir?«

»Gewiß, auch Ihnen.«

»Warum, Käte? Warum ist es Ihnen nicht gleichgültig, wie die Sache ausläuft?« — Das Blut schoß ihr verräterisch ins Gesicht, aber sie sah ihn fest und ruhig an und antwortete tapfer:

»Weil ich Angst habe um Sie und um Ihren Vater. Es wird einen tiefen Riß geben — und der wird Sie beide schmerzen.«

Es rührte ihn etwas in ihrer Art; aber er wehrte dies Gefühl von sich ab.

»Ängstigen Sie sich nicht unnötig. Es kommt Vater wirklich nur auf eine Machtprobe an, wie immer. Bisher habe ich immer nachgeben müssen, so schwer es mir auch fiel. Jetzt muß er einmal nachgeben.«

»Aber sein Schwur, Sie zu enterben?«

»Der fällt zusammen mit seinem Irrtum über die moralische Qualität meiner Braut. Er würde mich auch ohnedies nicht schrecken.«

Angstvoll sah sie ihn an. Sie wollte fragen: »Und wenn er Recht behielte — wenn Ihre Braut des Namens Warneck nicht würdig wäre und Sie hätten sich vorschnell an sie gebunden?«

Aber diese Worte wollten nicht über ihre Lippen, seinem blassen, erregten Gesicht gegenüber. So sagte sie nur: »So wollen Sie wirklich gegen den Willen Ihres Vaters diese Verbindung eingehen?«

Er wollte jedoch auch Käte nicht ganz in seine Karten blicken lassen, um ihre Unbefangenheit nicht zu stören. Darum sagte er nur:

»Es wird sich zeigen, Käte — machen Sie sich keine unnötigen Kopfschmerzen. Ich fahre jetzt in die Fabrik, um meine Pflicht zu erfüllen. Auf Wiedersehen!«

Er gab ihr die Hand und ging.

Wenn er geahnt hätte, wie es in ihrem Herzen aussah!

Sie blickte mit bangen, trüben Augen hinter ihm her.

IV

Vater und Sohn gingen einander in den nächsten beiden Wochen meistens aus dem Weg. Heinrich Warneck wartete auf die Rückkehr des Axel Körner und auf das Ergebnis des Überwachungsdienstes.

Die Rückkehr des Herrn Körner hatte sich jedoch noch um einige Tage verzögert, und so hatte Heinrich Warneck noch nichts Positives davon in Erfahrung gebracht, womit er seinem verblendeten Sohn hätte die Augen öffnen können.

Günter traf indessen heimlich alle Vorbereitungen zu seiner Verheiratung. Er besorgte für Lori und sich Pässe nach der Schweiz, aber als er sie schon erhalten hatte, plädierte Lori für Garmisch-Partenkirchen. Sie beschlossen also, ihre Hochzeitsreise dorthin zu machen, und Günter bestellte sofort dort Zimmer. — Es kam in diesen Tagen zwischen ihm und Käte nur selten zu einem kurzen Alleinsein, und er vermied dann, von seinen Angelegenheiten zu sprechen. Tagsüber war er in der Fabrik, wo er in seinem Verantwortungsbereich so weit vorarbeitete, daß er unbesorgt abreisen konnte. Noch immer glaubte er, daß es sich nur um eine Abwesenheit von Wochen handeln würde. Er war fest davon überzeugt, daß seines Vaters Schwur, ihn zu enterben, im-

Grunde nichts gewesen sei als eine leere Drohung. Seine Lori war ein moralisch hochstehender, wertvoller Mensch, das würde der Vater bald einsehen, und dann würde er sich, wenn auch über seine Niederlage grollend, fügen.

Des Abends ging Günter, wie fast immer, nach dem Abendessen noch aus. Er besuchte dann seine Braut auf kurze Zeit, und er hielt streng darauf, daß dann Loris Wirtin, eine Beamtenwitwe, zugegen war. Er wollte alles vermeiden, was Loris Ruf schaden konnte, und er ahnte nicht, wie sehr dieser Ruf schon gefährdet war. Und er verließ seine Braut stets bald wieder.

Zuweilen ging er dann noch mit einigen Bekannten aus, aber meistens begab er sich nach Hause. Dann suchte er gleich seine Zimmer auf, um nicht noch mit seinem Vater zusammenzutreffen.

So geschah es auch zwei Tage vor seiner geplanten Reise. Als er, heimkehrend, die Diele des Hauses betreten hatte, blieb er plötzlich lauschend stehen. Aus dem Musikzimmer tönte ihm Klavierspiel entgegen, und gleich darauf setzte ein voller, weicher Mezzosopran ein. Er sah fragend den Diener an.

»Wer singt da?«

»Fräulein Harland, gnädiger Herr, sie pflegt sehr oft um diese Zeit zu musizieren.«

Günter winkte ab, nachdem er Hut und Mantel abgelegt hatte, und ging, jedes Geräusch vermeidend, in den Wintergarten, der an der entgegengesetzten Seite, wie das Wohnzimmer, an das Musikzimmer grenzte.

Hier blieb er, ohne zu wissen, warum er das tat, im Dunkeln stehen und lauschte auf Kätes Gesang, der ihn ganz eigenartig berührte. Es war, als belausche er etwas, das sie vor ihm geheimgehalten habe. Mit geschlossenen Augen lehnte er an der Tür, und unter den weichen, klaren Tönen der Mädchenstimme regte sich in seinem Herzen eine seltsame Empfindung. Ihm war, als dürfe er einen Blick in ein sonst vor ihm verschlossenes Heiligtum werfen.

»Schließe mir die Augen beide
mit den lieben Händen zu.
Geht doch alles, was ich leide,
unter deiner Hand zur Ruh.«

So klang es zu ihm herüber, und diese Worte waren gewissermaßen der Ausdruck seiner eigenen Empfindung.

Kleine Käte, was hast du für einen Zauber in deiner Stimme, aus der ein so starkes Gefühl herausklingt, dachte er.

Als das Lied verklungen war, hörte er die Stimme seines Vaters aus dem Wohnzimmer herüberrufen:

»Nun singe mir noch einmal das Veilchen, kleine Nachtigall, dann will ich dich nicht weiter quälen.«

»Du quälst mich nicht, Onkel Heinrich, ich bin froh, daß ich dir mit meinen Liedern eine kleine Freude machen kann«, erwiderte Käte.

Und gleich darauf erklang das Vorspiel zu Mozarts ›Veilchen‹, und dann setzte Kätes weiche Stimme ein:

Ein Veilchen auf der Wiese stand,
Gebückt in sich, und unbekannt,
Es war ein herzig's Veilchen.

Wieder lauschte Günter atemlos. Und auch ihn ergriff die stille, tragische Bescheidenheit des armen Veilchens, das sein Leben unter einem vernichtenden Schritt aushaucht.

»Das arme Veilchen!«

Verriet Käte in diesem Lied zu viel von ihrem Seelenleben?

Günter verspürte Lust hinüberzugehen, sanft über Kätes blonden Kopf zu streicheln und zu ihr zu sagen:

»Du armes Veilchen!«

Aber er wollte seinem Vater nicht mehr begegnen, und als er jetzt hörte, daß Käte den Flügel schloß, ging er leise hinaus und verschwand in seinen Zimmern.

Am anderen Morgen traf er mit Käte am Frühstückstisch zusammen, ehe sein Vater erschien.

»Ich bin Ihnen sehr böse Käte«, sagte er, sie mit einem ganz neuen, lebhaften Interesse ansehend. Betroffen blickte sie auf.

»Warum? Was habe ich Ihnen getan?«

Er sah ihr mit einem seltsamen Blick in die Augen. »Sie haben wie ein Geizhals an mir gehandelt.«

Sie schüttelte den Kopf. »Das verstehe ich nicht.«

»Sie haben mir einen Schatz verheimlicht, an dem ich mich schon oft hätte erfreuen können. So habe ich es gestern das erstemal getan und ganz heimlich. Wie ein Dieb habe ich Sie bestehlen müssen — um zwei Lieder! Sie hätten mir zuweilen freiwillig einige schenken können, wie Sie meinen Vater anscheinend oft beschenkt haben.«

Kätes Gesicht war dunkelrot geworden. »Sie haben mich singen hören?«

»Ja, Käte — und ich konnte nachher gar nicht einschlafen. Immer klangen mir Ihre Lieder in den Ohren. Und ich mußte darüber nachdenken, zu wessen Füßen das arme Veilchen sich wohl zu sterben sehnte.«

Käte sprang mit einem nun erblaßten Gesicht auf. »Sie hätten nicht heimlich lauschen dürfen — das ist — das ist —«

Sie brach ab und verkrampfte die zitternden Hände ineinander.

Er starrte sie an, als würde plötzlich ein verhüllender Vorhang vor seinen Augen hinweggezogen.

»Käte!«

Sie nahm alle Kraft zusammen, in der Angst, sich verraten zu haben.

Käte zwang sich zu einem Lächeln. Dann sagte sie:

»Nun ja, Günter — es macht mich verlegen, daß Sie meinem Schulmädelgesang zugehört haben. Vor Onkel Heinrich habe ich die Scheu verloren — aber sonst möchte ich vor keinem Menschen singen. Und ich schäme mich ein wenig, daß Sie meine Singerei belauscht haben.«

Sie erreichte mit diesen Worten, daß er ihrer ausbrechenden Erregung eine ganz falsche Deutung gab. Er schüttelte den Kopf.

»Solche Singerei lasse ich mir aber gefallen — und ich hoffe, daß ich sie nicht das letztemal gehört habe. Vater hat recht, wenn er Sie eine kleine Nachtigall nennt.«

Zu Kätes Erlösung trat jetzt Günters Vater ein, und man nahm das Frühstück ein, worauf die beiden Herren in die Fabrik fuhren.

Am Abend dieses Tages war Günter noch einmal bei seiner Braut, um alles Nötige für den morgigen Hochzeitstag mit ihr zu besprechen.

Er hatte Lori klargemacht, daß es das beste sei, wenn sie sich jetzt nur standesamtlich trauen ließen.

»Die kirchliche Trauung holen wir nach, wenn mein Vater seinen Segen zu unserer Verbindung gibt, Lori«, hatte er gesagt.

Er war noch immer davon überzeugt, daß sein Vater einlenken würde, wenn nichts mehr zu ändern war.

Und an diesem Abend sagte er, als Lori, reizender als je, vor ihm stand:

»Wenn mein Vater dich nur erst einmal richtig kennenlernt, dann wird er deinem Zauber so wenig widerstehen wie ich.«

Lori lächelte schelmisch. Sie war sich ihrer Macht über Männerherzen zu sehr bewußt. Und auch sie war davon überzeugt, daß sie »den alten Brummbär« schon noch kleinkriegen würde.

»Ich will jedenfalls alles tun, um seine Abneigung gegen mich zu besiegen, Günter.«

»Auch mit Käte Harland wirst du dich gut stellen, Lori.«

Sie sah ihn mit einem seltsam forschenden Blick an.

»In welchem Verhältnis stehst du eigentlich zu diesem Fräulein Harland?«

»Ich sagte dir schon, Lori, sie ist die Tochter von meines Vaters bestem Freund. Außerdem ist sie unser guter Hausgeist. Ohne ihre Vermittlung wäre es sicher zu manch schwerem Konflikt zwischen meinem Vater und mir gekommen. Und ich kann dir sagen, daß ich mir mein Vaterhaus ohne die kleine blonde Käte gar nicht mehr vorstellen könnte.«

Lori stieß die Fingerspitzen gegeneinander. »Wie soll das aber werden, Günter, wenn ich erst meinen Einzug halte in das Haus deines Vaters? Du sagst mir, daß wir bestimmt darin wohnen werden, weil dies große Haus Raum genug hat für deinen Vater und uns. Und natürlich werde ich gern mit deinem Vater unter einem Dach wohnen und freue mich schon darauf, ihm alles recht behaglich zu machen. Aber dieses fremde Mädchen? Wie soll ich mich zu ihr stellen?«

»Hoffentlich wie zu einer Schwester, Lori«, sagte er warm und herzlich. »Ihr werdet gewiß gut miteinander auskommen, denn Käte ist ein herzlicher und sehr wertvoller Mensch.«

Sie schmiegte sich an ihn und sah ihn an wie ein schmollendes Kind.

»Ich bin ein wenig eifersüchtig auf diese Käte. Du sprichst immer in einer so warmen, herzlichen Weise von ihr — als hättest du sie sehr lieb.«

Er lachte und küßte sie entzückt auf ihren schönen Mund.

»Süße Lori, du brauchst auf nichts und niemand eifersüchtig zu sein. Käte ist mir wie eine Schwester.«

Sie seufzte.

»Ich möchte dich ganz allein für mich haben, und dies fremde Mädchen soll dir nichts bedeuten. Du verstehst mich. Vor allen Dingen möchte ich mit dir allein sein.«

Er nahm Lori beim Kopfe.

»Sei unbesorgt, meine Lori, unser Haus ist groß genug, daß man sich aus dem Weg gehen kann, und Käte ist ungemein taktvoll und bescheiden. Du wirst sie schnell liebgewinnen.«

Und er seufzte tief auf, weil er denken mußte: Wäre es nur erst so weit, daß ich dich in meines Vaters Haus führen könnte.

»Woran denkst du so seufzend, Günter?«

Er lächelte und sagte ausweichend, seine Lippen auf ihr Haar pressend.

»Es fiel mir nur ein, daß ich dich werde bitten müssen, dir eine andere Frisur zu machen.«

»Weshalb? Gefällt dir mein Lockenkopf nicht?«

»Er ist entzückend. Aber — du darfst nicht vergessen, Lori — eine Frau Warneck muß die Firma würdig repräsentieren, und als Frau Warneck bist du eine seriöse Persönlichkeit und nicht mehr die Schauspielerin Lori Leixner. Ich möchte dich bitten, daß du dein Haar wieder wachsen läßt und eine anspruchslosere Frisur trägst.«

Sie lachte. »Ach, Günter, das wird nicht so schnell gehen mit dem Wachsen.«

»Wenn du es nicht mehr schneiden und ondulieren läßt, wird es sich schon anderes frisieren lassen, wenn wir von unserer Hochzeitsreise zurückkommen. Ehe ich dich zu meinem Vater bringe, muß es geschehen.«

»Und wenn ich dann wie eine Vogelscheuche aussehe?«

Er drückte das aufgebauschte Haar fest um ihren Kopf und nahm es im Nacken zusammen.

»Sieh mal — so sieht es sehr nett und viel vornehmer und schlichter aus.«

Lori sah in den Spiegel. Im Grunde war sie der Lockenfrisur schon müde. Sie nickte ihm lachend zu.

»Weil du es willst, Günter.«

Er war entzückt über ihre scheinbare Fügsamkeit und küßte ihr die Hände. Sie plauderten dann noch eine Weile mit Loris Wirtin, Frau Schmeidler, die inzwischen sehr interessiert zum Fenster hinausgesehen hatte.

Dann verabschiedete sich Günter.

»Auf morgen, meine Lori! Um zehn Uhr hole ich dich ab«, sagte er.

Als er dann auf dem Heimweg war, mußte er daran denken, daß Käte vielleicht doch eine etwas schwierige Stellung würde einnehmen müssen, wenn Lori erst als Herrin in seinem Vaterhaus bestimmen würde.

Das arme Veilchen, dachte er mitleidig, und ihm war zumute, als habe er Käte, ohne es zu wissen und zu wollen, ein Unrecht zugefügt. Seit er sie hatte singen hören, mußte er energisch den Gedanken von sich weisen, daß sein Vater recht haben könne mit der Vermutung, daß Käte nur zu stolz gewesen sei, ihm einzugestehen, daß sie ihm nicht gleichgültig gegenüberstand.

Aber auch heute wies er diesen Gedanken wieder von sich — er wollte an nichts denken als daran, daß Lori morgen sein eigen werden würde. Und das leidenschaftliche Begehren nach dieser Frau ließ ihn alles vergessen — auch den Zorn seines Vaters.

Inzwischen hatte Lori begonnen, ihre Koffer zu packen. Morgen früh, gleich nach der Trauung, wollte Günter zu seinem Vater gehen, um ihm die vollzogene Vermählung mitzuteilen. Danach wollte das junge Paar die Hochzeitsreise antreten. Denn daß sein Vater gleich anderen Sinnes werden und Lori in sein Haus aufnehmen könne, das wagte Günter doch nicht zu hoffen. Deshalb hielt er es für besser, er verreiste erst einige Wochen mit Lori, bis der erste Sturm sich gelegt und Käte ein wenig hatte zum Guten reden können. Darum wollte er Käte morgen bitten, ehe er abreiste, und er wußte, daß er nicht vergeblich bitten würde.

Frau Schmeidler half Lori beim Packen und schwatzte in ihrer etwas aufdringlichen und nicht sehr feinfühligen Art darauf los. Frau Schmeidler wußte mehr von Lori, als dieser lieb war, deshalb ließ Lori sie gewähren.

»Wissen Sie, Fräulein Lori, dieses Fräulein Harland wäre mir auch unbequem, wenn ich an Ihrer Stelle wäre«, sagte sie.

Lori sah achselzuckend die robuste Dame an, die sich immer den Anschein großer Ehrbarkeit gab und trotzdem ein recht großzügiges Moralgefühl ihr eigen nannte.

»Seien Sie ganz unbesorgt, meine liebe Frau Schmeidler, dieses junge Mädchen werde ich mir bald vom Hals schaffen. Man kann sie vielleicht verheiraten. Ich glaube, sie ist leidlich hübsch.«

»Recht haben Sie! Es ist genug, daß Sie den Schwiegervater im Haus haben werden. Aber mit den Männern werden Sie schon fertig, das verstehen Sie. Ihr Verlobter scheint sehr große Stücke auf dieses Fräulein Harland zu halten, er ist doch immer des Lobes voll über sie. Na — er ist überhaupt ein Idealist vom reinsten Wasser. Von allen Menschen denkt er nur Gutes. Sie werden es leicht haben mit ihm — nur das Äußere müssen Sie ängstlich wahren. Es ist zu komisch, daß er, der morgen Ihr Ehemann wird, nicht eine halbe Stunde mit Ihnen allein bleiben will.« Wie sie das sagte!

Lori lachte gekünstelt, aber dann zeigte sie eine würdevolle Miene.

»Man muß eben das Äußere wahren.«

Frau Schmeidler stieß Lori mit unangenehmer Vertraulichkeit in die Seite. — »Wenn er wüßte, wie oft Sie schon hier mit Ihren anderen Verehrern allein gewesen sind!«

Lori war aber nicht willens, sich Frau Schmeidlers Vertraulichkeiten auszuliefern. Sie richtete sich plötzlich in pomphafter Theaterpose hoch auf und fragte scharf:

»Was wollen Sie damit sagen, Frau Schmeidler?«

Diese wollte es mit der künftigen reichen Frau Warneck, von der sie sich noch allerlei Vorteile erhoffte, nicht verderben. Wieder stieß sie Lori neckend an.

»Nun, man wird doch noch einen Scherz machen dürfen, Fräulein Lori, wir sind ja allein, und daß ich verschwiegen bin, wissen Sie doch.«

Lori sah aber das gefährliche Funkeln in ihren Augen.

»Meine liebe Frau Schmeidler, mein Verlobter weiß alles, was gewesen ist. Ich habe ihm nicht verschwiegen, daß ich auch anderen Männern begehrenswert erschienen bin. Daß ich, weil ich allein und verlassen in der Welt stand, schwere Kämpfe bestehen mußte, um meine Ehre zu bewahren, weiß er auch. Aber schließlich zeugt es ja zur Genüge für meine Ehrbarkeit, daß ich so lange Aufnahme in Ihrem Haus fand. Unter Ihrem Schutz war ich doch sicher, nicht wahr? Über Ihre Schwelle hätte sich doch kein Verführer gewagt. Das habe ich meinem Verlobten auch gesagt. Und ich wäre ja auch nicht bei Ihnen geblieben, wenn ich nicht von Ihrer Sittengröße überzeugt gewesen wäre.«

So war Frau Schmeidler mit ihren eigenen Waffen geschlagen worden von der schlauen Lori, die jetzt kindlich lächelnd vor einem Spiegel stand und die Wirkung eines weichen Seidentuches um ihren schönen Hals ausprobierte.

So beeilte sich Frau Schmeidler, zu versichern, daß Lori selbstverständlich unter ihrem Schutz sicher gewesen sei.

»Das habe ich ja auch Ihrem Verlobten gesagt, Fräulein Lori. Und wir bleiben doch gute Freunde, auch wenn Sie erst die vermögende Frau Warneck sind, nicht wahr?«

Lori nickte gnädig.

»Selbstverständlich, meine liebe Frau Schmeidler, ich werde Ihnen nie vergessen, daß Sie mich unter Ihren mütterlichen Schutz genommen haben.«

Natürlich wußte Lori ganz genau, daß sie nur so lange auf die Verschwiegenheit der Frau Schmeidler rechnen dürfte, wie diese sich einen Vorteil davon versprach. Deshalb mußte sie dafür sorgen, ihr einen solchen zu verschaffen. Wenn Lori auch nicht besonders ängstlich war und stets mit allerhand Ausreden selbst über die peinlichste Situation hinwegkommen konnte, so mußte sie doch wenigstens dafür sorgen, daß Günter bis nach der Hochzeit und bis zur Anerkennung ihrer Ehe durch den Schwiegervater an ihre tadellose Vergangenheit glaubte. Sie wußte genau, daß Günter sie nicht zu seiner Frau gemacht haben würde, wäre er nicht von ihrer strengsten Moral überzeugt gewesen. War sie aber erst seine Frau, dann würde sie sowohl mit ihm, als auch mit ihrem Schwiegervater schon fertig werden.

In bester Eintracht packte Lori mit Frau Schmeidler ihre Koffer fertig und ging dann seelenruhig zu Bett.

V

Am nächsten Morgen gegen halb zehn Uhr fuhr Günter vor und holte seine Braut zum Standesamt ab. Dort trafen sie mit den beiden Trauzeugen zusammen, die Günter bestellt hatte. Und wenige Minuten später war die standesamtliche

Trauung vollzogen. In der Wohnung der Frau Schmeidler nahm das junge Paar mit dieser und den beiden Trauzeugen ein Frühstück ein. Dann verabschiedete sich Günter mit den beiden Trauzeugen von den Damen.

»Ich komme so schnell wie möglich zu dir zurück, Lori, Sobald ich mit meinem Vater und Käte Harland gesprochen habe, bin ich wieder hier«, flüsterte er Lori zu, sie entzückt betrachtend.

Sie hatte sich an diesem Morgen besonders sorgfältig geschminkt und sah sinnverwirrend schön aus. Man konnte es dem jungen Ehemann nicht verdenken, wenn ihm jetzt die Trennung schwerfiel.

Sie nickte ihm zärtlich zu.

»Ich zähle die Sekunden, bis du wieder bei mir bist, mein geliebter Mann«, sagte sie mit brennenden Augen.

Günter riß sich los. Dann fuhr er auf schnellstem Wege nach der Fabrik hinaus, um seinen Vater zu sprechen.

Zu derselben Zeit, als sein Sohn auf dem Standesamt die Trauung vollziehen ließ, erhielt Heinrich Warneck in seinem Privatbüro einen schon längst erwarteten Besuch. Axel Körner war von seiner Reise zurückgekehrt und sogleich zu ihm gefahren.

»Mein verehrter Herr Warneck, mein Diener hat mir gesagt, daß Sie mich verschiedentlich in einer dringenden Angelegenheit zu sprechen wünschten. Ich habe mich deshalb gleich aufgemacht. Womit kann ich Ihnen dienen?«

Heinrich Warneck ließ seinen Besucher Platz nehmen und bot ihm zu rauchen an, was dieser dankend ablehnte.

»Ich danke Ihnen, Herr Körner, daß Sie mich sofort aufgesucht haben. Ich habe eine Frage von großer Delikatesse an Sie zu richten. Bitte, halten Sie es nicht für Neugier — ich habe schwerwiegende Gründe.«

»Aber bitte sehr, sprechen Sie unbesorgt.«

Heinrich Warneck setzte sich seinem Gast gegenüber und strich sich über die Stirn.

»Also: Ich sah Sie vor einiger Zeit eines Abends mit einer

Schauspielerin, Fräulein Lori Leixner, aus der Tür eines bekannten Weinlokals kommen. Ganz offen gesagt — mein Sohn hat sich in diese Dame verliebt.«

Axel Körner verneigte sich.

»Ich weiß — denn ich habe Ihrem Herrn Sohn weichen müssen«, sagte er mit ironischer Bitterkeit.

»Also, hatten Sie wirklich Beziehungen zu dieser Dame? Mein Sohn sieht in ihr eine Frau von tadellosem Ruf und moralischer Gesinnung — er ist Idealist. Mir erscheint es nicht so zweifellos, daß Fräulein Leixner absolut als Dame anzusehen ist, und in meiner Sorge wende ich mich an Sie. Ich gebe Ihnen mein Wort, daß außer meinem Sohn kein Mensch erfahren wird, was Sie mir auf die Frage antworten: In welcher Beziehung haben Sie zu Fräulein Leixner gestanden? Ich nehme an, daß ich sagen kann: gestanden. Denn inzwischen haben sich wohl diese Beziehungen gelöst?«

Axel Körner zog ein etwas unbehagliches Gesicht und zuckte nervös mit den Schultern.

»Ja, mein verehrter Herr Warneck, da bringen Sie mich in eine peinliche Situation. Ich bin zwar Junggeselle und habe auf niemand Rücksicht zu nehmen — aber schließlich ist man doch Kavalier, auch — nun ja — auch einem Fräulein Leixner gegenüber.«

Heinrich Warneck nickte.

»Ich verstehe Ihren Standpunkt — und für mich sind Ihre Worte schon überzeugend. Sie sind ein Geständnis, daß Fräulein Leixners Ruf von Ihrer Verschwiegenheit abhängt.«

»Das habe ich nicht gesagt.«

»Nein, nein — Sie drückten sich vorsichtiger aus. Ich verstand Sie trotzdem. Aber darauf kommt es leider nicht an. Es muß auch meinem Sohn einleuchten. Und nur die Angst um meinen Sohn läßt mich so indiskret sein. Kurz und gut — mein Sohn ist so fest von der Untadeligkeit dieser Dame überzeugt — daß er sie heiraten will.«

Axel Körner zuckte empor. Auf seinem Gesicht erschien ein bestürzter Ausdruck.

»Um alles in der Welt — so etwas heiratet man doch nicht!« entfuhr es ihm in seiner Überraschung.

Heinrich Warneck atmete tief auf.

»Sie haben mir mit diesem Ausdruck bestätigt, daß meine Befürchtungen nicht grundlos sind.«

Axel Körner strich sich vorsichtig über seinen tadellosen Scheitel und fühlte sich sehr unbehaglich.

»Es ist mir da allerdings eine unüberlegte Äußerung entschlüpft — aber in Anbetracht dessen, was für Sie auf dem Spiel steht, tut es mir kaum leid. Ich begreife Ihre Unruhe vollständig — aber Ihren Herrn Sohn begreife ich nicht. Für einen solchen Idealisten hätte ich ihn nicht gehalten. Zum Donnerwetter — wenn er sich zu einem Heiratsversprechen hat hinreißen lassen, so soll er es rückgängig machen. Er soll sich loskaufen — mit einem Schmuck — einem Scheck oder dergleichen. Na — deutlicher kann ich doch nicht werden, Herr Warneck.«

Der alte Herr atmete schwer.

»Nein, nein — für mich brauchen Sie nicht deutlicher zu werden. Aber mein Sohn ist total bezaubert von dieser Theaterdame. Wenn ich ihn von ihr losbringen will, muß ich Beweise haben, die ihn überzeugen, sonst wird er mir wieder erklären, man habe Fräulein Leixner verleumdet. Könnten Sie sich wohl entschließen, meinem Sohn klipp und klar zu bezeugen, daß Fräulein Leixner Ihre Geliebte war?«

Axel Körner sprang auf und strich sich über die Stirn.

»Das ist eine verflixte Situation, verehrter Herr Warneck! Ihrem Herrn Sohn zu Gefallen soll ich meinen Prinzipien untreu werden? — Ich war einigermaßen erbost über ihn, weil er mir sehr zur Unzeit dazwischenkam. Fräulein Leixner ist immerhin eine sehr reizvolle Persönlichkeit, sie besitzt eine entzückende Art und lügt so reizend, daß man in ihrer Gesellschaft nie Langeweile verspürt. Ich — ich hätte mich noch nicht von ihr zurückgezogen, wenn sie mir nicht kurz und bündig erklärt hätte, sie müsse mit mir brechen, weil sie anderweitig engagiert sei. Das fand ich immerhin anständig, und, wie gesagt, ich ahnte, daß mich Ihr Sohn ausgestochen habe. An eine Heirat habe ich natürlich nicht geglaubt. Er hat mich um viele reizvolle Stunden gebracht, die ich in Fräulein Leixners Gesellschaft sicher noch erlebt hätte — und zum Dank soll ich ihn durch eine Indiskretion von einer Torheit zurückhalten? Das ist ein wenig zuviel verlangt.«

»Sie tun es nicht für meinen Sohn, Herr Körner, sondern für mich.«

Körner atmete tief auf.

»Lassen Sie mir Bedenkzeit — Sie haben mich überrumpelt. Es wird Ihren Sohn schon warnen, wenn Sie ihm meinen Ausruf wiederholen. Ob ich Ihnen weitere Beweise liefern soll — muß ich mir wirklich erst überlegen. Es ist eine üble Zwickmühle. Einerseits möchte ich Sie vor Kummer bewahren, denn ich schätze Sie sehr hoch, andernteils ist es mir ein scheußlicher Gedanke, daß ich sozusagen an einer wehrlosen Frau das Henkeramt übernehmen soll. Also bitte, entschuldigen Sie mich jetzt — ich lasse im Lauf des Tages von mir hören.«

»Ich danke Ihnen und bitte Sie, zu bedenken, was für mich auf dem Spiel steht. Mein Sohn ist ein solcher Idealist, daß ihn nur tatsächliche Beweise kurieren können. Sie erweisen mir einen großen Dienst, wenn Sie mir solche verschaffen oder selbst sprechen.«

»Nun gut — ich lasse von mir hören. Jetzt entschuldigen Sie mich.« — Damit ging Axel Körner hastig davon. Heinrich Warneck sah ihm mit starren Blicken nach und wiederholte mechanisch den Ausruf, den sein Besucher sich hatte entschlüpfen lassen:

Um alles in der Welt! So etwas heiratet man doch nicht!

Er prägte sich diese Worte fest ein. Dann nahm er den Hörer des Telefons vom Schreibtisch und rief im Privatbüro seines Sohnes an. Er bekam aber keine Antwort. Darauf klingelte er beim Pförtner des Haupteinganges an, der aus seiner am Eingang gelegenen Loge den Aus- und Eingang aller Personen kontrollieren konnte.

»Ist mein Sohn im Haus?« fragte er.

Der Portier meldete ihm, Günter sei heute morgen noch nicht erschienen, und Heinrich Warneck gab ihm Weisung, er möge seinen Sohn sofort zu ihm schicken, wenn er kommen würde.

Unruhig schritt Heinrich Warneck lange Zeit auf und ab. Die Zeit bis zum Eintreffen seines Sohnes dünkte ihn eine Ewigkeit.

Endlich trat Günter ein. Er hatte den Mantel noch nicht abgelegt und trug den Hut in der Hand.

»Du wünschst mich zu sprechen, Vater? Ich wäre ohnedies zu dir gekommen, da auch ich dir eine Mitteilung zu machen habe. Bitte — deine Angelegenheit geht vor«, sagte er, so ruhig er konnte.

Der alte Herr zwang sich zur Ruhe.

»Ich wollte dich fragen, mein Sohn, ob du zu einer besseren Einsicht gekommen bist — oder ob du noch immer willens bist — dieses Fräulein Leixner zu heiraten?«

Günters Gestalt straffte sich. Einen Augenblick zögerte er noch, denn er wußte, daß er seinem Vater jetzt einen Schlag versetzen mußte. Wie tödlich dieser Schlag den alten Herrn treffen würde, ahnte er freilich nicht.

»Ich bin gekommen, Vater, um dir zu sagen, daß ich mich heute vormittag habe standesamtlich trauen lassen. Lori ist meine Frau«, sagte er fest und bestimmt.

Aber kaum waren diese Worte heraus, da erschrak er bis ins Herz hinein. Diese Wirkung hatte er nicht erwartet.

Sein Vater sank leichenblaß und fahl in seinem Sessel zusammen, als habe alle Kraft ihn verlassen. Hier saß er wie vernichtet, und seine Hände zitterten.

»Das — das hast du mir angetan? Sag, daß es nicht wahr ist — nicht wahr«, ächzte er.

Günter mochte es jetzt klarwerden, daß es seinem Vater doch nicht nur auf eine starrköpfige Machtprobe angekommen war. Es lag eine tiefe Verzweiflung im Ausdruck des sonst so beherrschten Gesichtes des alten Herrn. Günters harter Trotz schwand dahin. Gewaltsam mußte er seine Kampfstimmung aufrechterhalten.

»Du hast mir keine Wahl gelassen, Vater. Ich hatte Lori mein Wort gegeben, und du gabst mir dein Wort, daß du nie deine Einwilligung geben würdest. So mußte ich ohne deine Einwilligung mein Wort einlösen.«

Jetzt ermannte sich der alte Herr ein wenig.

»Wie ein dummer Junge hast du dich von einem hübschen Lärvchen hereinlegen lassen. Einer solchen Person zuliebe hast du deinen Vater verraten! Aber bei Gott, sie soll sich verrechnet haben! Du hast gehört, was ich geschworen habe — und meinen Schwur halte ich. Diese Person betritt meine Schwelle nicht — solange ich lebe, nicht — und nach meinem Tode auch nicht. Und du — du hast gewählt zwischen ihr und mir. Löse dich von dieser Frau — dann steht dir dein Vaterhaus wieder offen. Lösche den Schandfleck, den du dem Namen Warneck durch diese Heirat angeheftet hast.«

Das stieß er in verhaltener Erregung heiser hervor, und in seinen Augen lag ein Ausdruck tiefen Schmerzes.

Günter hörte aber nur, daß sein Vater Lori einen Schandfleck nannte. Er richtete sich in trotzigem Stolz auf.

»Ich werde nur um so fester zu meiner Frau halten, je mehr du sie beleidigst. Du kennst sie ja gar nicht und erniedrigst und beleidigst sie pausenlos in deinem ungerechten Zorn.«

Bitter und schneidend lachte der alte Herr auf und sagte beißend:

»Ungerecht? Auf den Knien wollte ich es ihr abbitten, wenn ich ungerecht wäre. Dort, auf diesem Sessel saß vor einer Stunde ein Mann, der diese Person besser kennt als du und ich — einer ihrer Verehrer. Und dieser Mann sagte zu mir, als ich ihm mitteilte, daß du sie heiraten wolltest: ›Um alles in der Welt! So etwas heiratet man doch nicht‹.«

Günter zuckte wie unter einem Schlag zusammen.

»Wer ist dieser Mann? Nenne mir seinen Namen, daß ich ihn zusammenschlagen kann.«

»Ich werde dir den Namen nicht nennen, um dich nicht zu einer neuen Torheit zu verleiten.«

»Er ist ein gemeiner Verleumder! Vielleicht einer jener Laffen, die vergeblich um Loris Gunst bettelten und von ihr abgewiesen wurden. Ich verlange von dir, mir seinen Namen zu nennen, damit ich dir den Beweis erbringen kann, daß er ein Verleumder ist.«

Tief seufzte der alte Herr auf.

»Leider ist er das nicht. Nur schwer entschloß er sich, mir zuzugeben, daß er Beziehungen zu der Dame hatte, die erst nach deinem Dazwischenkommen gelöst wurden. Vielleicht liefert mir der Mann Beweise. Er hat sich Bedenkzeit erbeten.«

»Du glaubst also diesem fremden Menschen mehr als deinem Sohn?«

Jetzt sprang der alte Herr auf und schlug auf den Tisch.

»Mein Sohn ist ein Narr! Ich glaube jenem Mann jedenfalls mehr als einer Person, von der er mir sagte: Sie lügt so reizend, daß man in ihrer Gesellschaft nie Langeweile verspürt. So spricht man von einer Frau, der du deinen ehrlichen Nahmen geschenkt hast! Und noch einmal: Solange du zu dieser Person gehörst, ist das Tischtuch zwischen uns zerschnitten — wenn du es nicht anders willst — für alle Zeit! Ich hatte dir einen kostbaren Edelstein ausgesucht, aber du griffst wie ein dummer Junge in den Schmutz nach einem Glasscherben. Mein Haus will ich sauber halten, über meine Schwelle kommt diese Person nie. Von deinem Erbe wirst du nur das Pflichtteil erhalten, ich breche meinen Schwur nicht. Das ist mein letztes Wort!«

Günter schwieg einen Augenblick, überwältigt von seinen eigenen Gefühlen und von dem zornigen Blitzen in den Augen seines Vaters. Dann raffte er sich auf.

»Dann habe ich dir nichts mehr zu sagen, Vater. Ich gehe dahin, wohin ich gehöre, zu meiner Frau. Und ich werde nicht eher zurückkehren, bis du mich rufst, mit meiner Frau!«

Der alte Herr krampfte die Fäuste zusammen.

»Mit ihr niemals!«

»Dann leb wohl, Vater.«

»Geh — ich bin zu Ende — mit meiner Kraft.«

Günter sah von der Tür noch einmal nach seinem Vater zurück, und als er ihn so verstört und vernichtet in seinem Sessel sitzen sah, griff es ihm ans Herz. So hatte er den Vater nie gesehen. Immer kannte er ihn nur stolz und aufrecht, unnahbar und hart. Schon wollte er umkehren und ihm ein gutes Wort sagen, da winkte der alte Herr, sich schroff aufrichtend, ab.

»Geh!«

Da ging Günter hinaus.

Langsam und zögernd schritt er die Treppe hinab. Heinrich Warneck starrte mit brennenden Augen die Tür an; dann warf er die Arme über den Schreibtisch und barg das Gesicht darin.

»Um einer Dirne willen«, keuchte er in seiner Qual.

Und reglos saß er so, lange Zeit, bis er endlich mit Aufbietung aller Macht seine äußere Ruhe zurückerlangte. Was ihn diese Stunde gekostet hatte, wußte nur er allein.

VI

Günter fuhr gleich nach Hause. In der Zerrissenheit seiner Gefühle hatte er das Verlangen, Käte noch einmal wiederzusehen. Jetzt vermochte er nicht einmal an Lori zu denken. Er mußte erst ruhiger werden, ehe er seine Frau vor die Augen trat. Und er wollte seine Sache Käte in die Hände legen. Nur sie allein war imstande, den starren Sinn des Vaters zu besänftigen. Denn so sehr sich Günter auch in seinem Recht glaubte — der Gedanke, den Vater zu verlieren, quälte ihn mehr, als er es für möglich gehalten hatte. Nie hatte er es so tief gefühlt wie in diesem Augenblick, daß er seinen strengen und stolzen Vater liebte, jetzt, wo ihm dieser in seinem maßlosen Zorn die Tür gewiesen hatte.

Unablässig grübelte er darüber nach, wer der Verleumder sei, der seine Frau verdächtigt hatte. Er mußte wissen, wer es war, um den feigen Buben züchtigen zu können. Auch jetzt noch glaubte er an Lori. Nicht der Schatten eines Mißtrauens fiel auf sie. Aber es quälte ihn maßlos, daß ein Mann, der seine Frau verdächtigt hatte, ungestraft herumlief. Er mußte den Kerl aufspüren. Und es kam ihm in den Sinn, daß Lori selbst ihm die Namen der Männer nennen müsse, die sich vergeblich um ihre Gunst bemüht hatten. Einer davon mußte der Verleumder sein. Sobald er zu Lori zurückkam, wollte er sie fragen.

Aber dann schüttelte er wie abwehrend den Kopf. Nein — nicht heute! Heute wollte er nichts von dieser Gemeinheit und Niedrigkeit in ihre Hochzeitsstimmung tragen. Sie hatte schon genug unter der Schlechtigkeit der Menschen gelitten. Der ehrlose Verleumder entging ihm nicht.

In einer unbeschreiblichen Verfassung kam er zu Hause an. Käte stand gerade in der Diele und ordnete mit dem Gärtner die Pflanzengruppen zu beiden Seiten der Treppe, die zu dem ersten Stock führte. Sie trug, wie immer im Haus, ein schlichtes dunkles Kleid und darüber eine weiße Schürze.

Erschrocken blickte sie hoch, als Günter plötzlich vor ihr stand. Sein blasses, erregt zuckendes Gesicht verriet ihr nichts Gutes.

»Käte, bitte kommen Sie mit ins Wohnzimmer, ich habe etwas mit Ihnen zu besprechen.«

Sie stellte ihre kleine Gießkanne nieder und folgte ihm, ohne ein Wort erwidern zu können. Im Wohnzimmer blieb sie vor ihm stehen. Die helle Wintersonne warf metallische, wie rötliches Gold funkelnde Lichter auf ihr Haar. Ihre Augen blickten fragend zu ihm auf.

»Was ist geschehen, Günter?«

Er lachte hart auf und warf sich in einen Sessel. »Woher wissen Sie, daß etwas geschehen ist?«

Sie atmete zitternd und erregt. »Ich lese es in Ihren Augen,

Günter. Und Sie sehen so bleich und verstört aus. Haben Sie etwas mit ihrem Vater gehabt?«

Er preßte die Hände an die Schläfen. »Ja, Käte — es ist zu einem Zerwürfnis gekommen — zum Bruch. Vater hat mich aus seinem Haus verstoßen — ich bin sein Sohn nicht mehr.«

Sie erschrak bis ins Herz hinein. Aber dann bezwang sie sich und versuchte noch zu lächeln.

»Aber, Günter, das war doch unmöglich sein Ernst! Er hat das doch nicht so gemeint.«

»Doch, doch! Es war sein Ernst. Mein Vater hat mich aus seinem Haus gewiesen, er wird mich enterben und auf mein Pflichtteil setzen. Es ist alles zu Ende zwischen uns.«

»Das wolle Gott verhindern, Günter! Was haben Sie denn getan, um ihn so namenlos zu kränken?«

Er atmete tief auf.

»Ich habe heute vormittag Lori Leixner geheiratet.«

Das kam zu plötzlich über Käte Harland, sie wurde totenbleich und taumelte haltlos, als habe sie den Boden unter den Füßen verloren. Günter mußte schnell zufassen, um sie zu stützen, sonst wäre sie umgestürzt.

»Käte, was ist Ihnen?« fragte er betroffen und sah in ihr blasses, schmerzverzogenes Gesicht, daß dem einer Sterbenden glich.

Aber mit fast übermenschlicher Kraft riß sie sich zusammen und trat, sich in einen Sessel fallen lassend, rasch von ihm zurück.

»Es ist nichts — nur — ich bin ein wenig erschrocken, Günter — bitte, achten Sie nicht darauf — gönnen Sie mir nur einen Augenblick, daß ich fassen kann, was Sie eben sagten«, kam es tonlos über ihre Lippen.

Und er sah in ihren Augen wieder den erschütternden Ausdruck, der ihm schon einmal zu denken gegeben hatte. Liebte ihn Käte Harland? War sie deshalb so erschrocken über seine Heirat? Es konnte doch fast keine andere Deutung geben.

In all seinem eigenen Schmerz überkam ihn ein tiefes,

erbarmungsvolles Mitleid. Armes Veilchen? War er es, der diese stille Blüte achtlos zertreten hatte? Armes kleines Veilchen! Er hätte sie gern in seine Arme genommen und sie getröstet und gestreichelt, aber er sagte sich, daß er ihr, gerade wenn seine Vermutung richtig war, keine größere Wohltat erweisen konnte, als wenn er ihre Erregung nicht beachtete. Alles, was er für Sie tun konnte, war, daß er ihren Stolz nicht verletzte.

»Also auch Sie sind fassungslos, wie es mein Vater war, dieser Nachricht gegenüber«, sagte er leise.

Sie war an Selbstbeherrschung gewöhnt und hatte sich schon wieder in der Gewalt.

»Das müssen Sie doch verstehen können, Günter. Wie soll ich nicht erschrecken? Ich weiß doch, wie Ihr Vater dieser Verbindung gegenübersteht. Ist es die Wahrheit? Sie haben sich verheiratet — mit Fräulein Leixner?«

»Ja, Käte. Und ich komme von meinem Vater. Es gab eine schlimme Szene. Vater beschimpfte meine Frau, weil ihm vorher ein Verleumder in den Ohren gelegen hatte, dem er mehr glaubte als mir. Ich nahm meine Frau in Schutz — es flogen harte Worte, obwohl wir uns beide nach Kräften beherrscht haben. Kurzum, er sagte sich los von mir. Meine Frau soll nicht über die Schwelle seines Hauses und — ich auch nicht — solange ich zu ihr gehöre — also für immer —, denn ich bin unlösbar mit dieser Frau verbunden.«

Käte preßte die Handflächen zusammen. »Ach, mein Gott — daß ich nicht dabei sein konnte — daß ich das Schlimmste hätte verhindern können! Günter — bedenken Sie doch — Ihr Vater meint es trotz allem gut mit Ihnen — er — er glaubt nur nicht, daß die Frau, die Sie sich auserwählt haben, Sie glücklich machen kann. Hätten Sie doch Ihrem Trotz nicht die Zügel schießen lassen!«

Günter ballte die Hände.

»Wenn er meine Frau beschimpft und beleidigt! Wenn er darauf hört, was feige Verleumder ihm berichten! Ich bin jetzt eins mit meiner Frau und darf Lori nicht beschimpfen lassen — auch von meinem Vater nicht. Das müssen Sie doch verstehen, Käte.«

Das Herz klopfte ihr dumpf und schwer bis zum Hals hinauf. Sie wußte nicht, mit welchen Worten Günters Vater dessen Frau beleidigt hatte — nur das wußte sie, daß diese Frau seiner nicht wert war und daß sie einen anderen Mann »Schatz« genannt hatte zu einer Zeit, da Günter schon in ihr Leben getreten war. Das hatte Käte festgestellt durch eine beiläufige Frage an Günter, wie lange er Lori Leixner schon liebte und von ihr wiedergeliebt werde.

Hätte sie Günter doch gleich an jenem Tag davon berichten sollen, als er ihr von seiner Liebe erzählte?

Aber er hätte ihr sicher ebensowenig geglaubt, wie er seinem Vater geglaubt hatte. Nein — sie hätte nichts an Günters Schicksal ändern können, auch nicht, wenn sie ihren Stolz bezwungen hätte.

Mutlos und verzagt sah sie ihn an. »Was soll nun werden, Günter?« fragte sie schüchtern.

Er zuckte mit den Schultern »Es gibt keine Verständigung zwischen meinem Vater und mir, wenn ich ihm nicht beweisen kann, daß meine Frau bei ihm böswillig verleumdet wurde. Ob mir das je gelingen wird, weiß ich nicht. Jedenfalls ist mir von heute an sein Haus verschlossen. Und ich möchte Sie bitten, Käte, all meine Sachen zusammenpacken zu lassen, sobald ich Ihnen Nachricht gebe, wohin sie mir nachzusenden sind. Ich reise noch heute mit meiner Frau ab. Alles, was ich auf der Hochzeitsreise brauche, habe ich bereits gestern packen und zum Bahnhof schaffen lassen. Und dann habe ich noch eine dringende Bitte an Sie, Käte. Darf ich sie aussprechen?«

Sie nickte matt. »Sprechen Sie, Günter; wenn ich etwas für Sie tun kann, soll es mit Freuden geschehen.«

Er atmete tief auf.

»Sie sind ein wunderbarer Mensch, Käte — ich lerne Sie immer höher schätzen. Es ist nicht recht von mir, daß ich immer wieder neue Anliegen an Sie habe. Aber — wen soll ich denn sonst darum bitten, ein gutes Wort bei meinem Vater einzulegen? Nicht, daß er mir meinen eigenmächtigen Schritt verzeihen soll — das wird er wohl nie tun — aber Sie sollen ihm sagen, daß ich jetzt einsehe, daß ich übereilt gehandelt habe. Ich hätte erst den Verleumder zur Verantwortung ziehen und den Ruf meiner Frau auch in den Augen meines Vaters reinwaschen sollen, ehe ich sie heiratete. Ich glaubte wirklich nur, daß es Vater auf eine neue Machtprobe ankäme. Jetzt weiß ich, daß er andere und tiefere Gründe hatte. Sagen Sie ihm — nicht heute und morgen, aber wenn er ruhiger geworden ist, daß ich nicht ruhen und rasten werde, bis ich ihn davon überzeugt habe, daß meine Frau des Namens Warneck wert ist. Und — Sie müssen meinem Vater jetzt noch mehr sein als zuvor, Käte, denn — so seltsam es klingen mag — aber seit heute weiß ich, daß mein Vater mich liebt. Jetzt steht etwas Ernstes zwischen uns, und Gott mag mir helfen, daß ich das wegräumen kann. Schwer, sehr schwer wird es mir doch, von meinem Vater zu gehen — das sage ich aber nur Ihnen, Käte. Der Bruch zwischen uns tut mir weh, wie er, das weiß ich, auch ihm weh getan hat. Suchen Sie ihm alles leichter zu machen, ich bitte Sie darum. Sie haben große Macht über ihn — mehr, als Sie in Ihrer Bescheidenheit glauben. Und das ist mir in allem Schmerz wie ein Trost. Auch bitte ich Sie inständig, Käte, schreiben Sie mir zuweilen, wie es meinem Vater geht. Ich werde Sie immer wissen lassen, wo mich Ihre Nachrichten erreichen. Wollen Sie mir diese Bitte erfüllen?«

Sie sah ihn mit einem Blick an, der ihn bis ins Herz traf. Dann sagte sie mit befreitem Aufatmen und fester Stimme:

»Alles will ich tun, was ich für Sie zu tun vermag, und Gott wird mir helfen, daß ich die Scheidewand zwischen Ihnen und Ihrem Vater wegräumen kann. Ich kenne von nun an keine andere Aufgabe. Und alles Glück der Welt mit Ihnen, Günter — Gott mag helfen — daß Sie wirklich glücklich werden — denn Sie haben einen hohen Einsatz gewagt.« —Er faßte ihre Hand und sah sie mit einem seltsam flackernden Blick an.

»Glauben Sie mir, Käte, ich gehe schweren Herzens auf die Hochzeitsreise. Ich würde lieber hier bleiben, um den Verleumder zu ermitteln, dessen Namen mein Vater mir nicht nennen will. Aber ich darf meiner jungen Frau ihr junges Glück nicht zerstören. Die ersten Wochen ihrer Ehe sollen ihr nicht getrübt werden, wie sie mir getrübt sind. Wie ein grauer Schleier liegt es über meinem Glück, zumal, wenn ich in Ihre traurigen Augen sehe. Ich weiß nicht, warum mich der Ausdruck Ihrer Augen so quält, Käte.«

Ihr Gesicht wurde glühend rot, und sie zwang sich mit aller Kraft zu einem Lächeln.

»Soll ich denn lachen und fröhlich sein, wenn ich einen so lieben Freund verliere? Sie sind mir doch ein Freund geworden, Günter, und Sie können sich vorstellen, daß ich Sie sehr vermissen werde.«

»Nein, nein — ich glaube, daß würde nur weh tun, wenn Sie jetzt scherzen und lachen könnten. Aber — ich sehe plötzlich überall Gespenster! Und das ist mein Hochzeitstag. — Aber ich muß nun gehen — meine Frau wartet ungeduldig auf mich. Ich wollte nur noch einige Worte mit Ihnen sprechen. Leben Sie wohl, Käte, und Gott mit Ihnen — ich wünsche von ganzem Herzen, daß es Ihnen gutgehen möge.«

»Ich danke Ihnen. Und der Himmel behüte Sie — mir ist, als brauchten Sie das jetzt nötiger als je.«

Dieser Satz kam halb gegen ihren Willen über ihre Lippen.

»Wie meinen Sie das?« fragte er unruhig.

Sie machte eine matte Bewegung. »Fragen Sie mich nicht.«

Seine Augen blickten dringend in die ihren. »Wollen Sie damit sagen, daß auch Sie Bedenken gegen meine Verbindung mit Lori haben?«

Sie zögerte einen Augenblick. Er sah den Kampf in ihren Zügen. Aber dann sagte sie hastig: »Es ist ja jetzt völlig einerlei, ob ich Bedenken hatte. Sie sind verheiratet — und ich kann Ihnen nur wünschen, daß Sie in Ihrer Ehe das Glück finden, das Sie suchen.«

Er zog ihre Hand an seine Lippen. Es war das erstemal, daß er das tat, und er fühlte das leise Zittern ihrer Hand. Und er wußte nicht, warum gerade jetzt die Worte seines Vaters ihm in den Ohren klangen: »Ich hatte dir einen kostbaren Edelstein ausgesucht.«

Ja — Käte Harland war ein Edelstein, das fühlte er jetzt. Aber auch seine Lori war ein Edelstein und kein wertloser Glasscherben, wie sein Vater sie genannt hatte. Seine arme, süße Lori! Die Sehnsucht nach ihr flammte auf und ließ ihn alles andere vergessen. Schnell verabschiedete er sich. Was konnte ihm jetzt die arme kleine Käte gelten? Lori wartete auf ihn!

Und eilig ging er davon. Er sah nicht mehr, daß Käte, die am Ende ihrer Kraft war, wankte und dann kraftlos in einen Sessel sank. In tiefster Verzweiflung barg sie das Gesicht in den Händen.

Er geht ins Unglück, dachte sie. Vater im Himmel, schütze ihn vor Verzweiflung, wenn er erkennt, daß die Frau, die er heiratete, seiner nicht wert ist.

So saß sie eine ganze Weile, unfähig, sich wieder aufzuraffen und ihrer Arbeit nachzugehen. Erst als sie draußen Schritte vernahm, richtete sie sich mühsam hoch. Der Gärtner rief nach ihr.

VII

Ungeduldig hatte Lori auf die Rückkehr ihres Mannes gewartet. Nicht, weil sie große Sehnsucht nach ihm gehabt hätte, sondern nur, weil sie gespannt war, zu erfahren, wie die Auseinandersetzung mit seinem Vater ausgefallen sei.

Als Günter endlich eintraf, kam sie ihm, schon im Reisekostüm, entgegengeflogen und umarmte ihn.

»Endlich, mein Günter! Wie habe ich mich nach dir gesehnt!«

Er küßte sie mit etwas matter Zärtlichkeit und zog sie neben sich auf die Couch nieder. Heute war die Anwesenheit Frau Schmeidlers überflüssig, sie waren beide allein.

»Verzeih, daß ich dich warten ließ, Lori, aber die Unterredung mit meinem Vater ist etwas stürmisch verlaufen, und ich mußte dann noch nach Hause fahren um Anweisung zu geben, daß meine Sachen eingepackt werden.«

»Deine Sachen? Du hast doch, denke ich, deine Koffer schon zum Bahnhof bringen lassen.«

»Ja, Lori — was ich auf der Reise brauche. Aber auch meine übrigen Sachen wird man mir nachschicken, ich muß es dir sagen, Lori — mein Vater war außer sich, daß ich mich gegen seinen Willen verheiratet habe. Er — er hat mir sein Haus verboten.«

Sie zuckte zusammen, und ihre Augen starrten ihn erschrocken an. Ihr Traum vom Glanz und Pracht schien ihr gefährdet.

»Was heißt das, Günter? Das Haus verboten hat dir dein Vater? Wie soll ich das verstehen?»

Er vergrub sein Gesicht in ihrem Haar.

»So, wie ich es sage, Lori, zwischen meinem Vater und mir ist alles aus, wir sind uns fremde Menschen von heute an. Er weigert sich, meine Ehe anzuerkennen und — aber lassen wir das alles — ich will nicht mehr daran denken. Du und ich, wir wollen glücklich sein, gerade weil man uns dies Glück rauben will.«

Und er zog sie in seine Arme und küßte sie wie von Sinnen. Aber sie machte sich los.

»Günter — sag mir doch erst — was soll nun werden? Wenn nun dein Vater seine Hand von dir abzieht? Wovon sollen wir denn leben? Und wo?«

Das erschien Lori jetzt viel wichtiger als alles Liebesglück.

Eine Weile sah er sie ernüchtert an. Er begriff nicht, daß sie jetzt daran denken konnte. Langsam strich er über seine Stirn.

»Darum brauchst du nicht in Sorge zu sein. Ich habe mein eignes Bankkonto. Du brauchst keine Angst zu haben, daß es dir an etwas fehlen wird.«

Daß sein Vater ihn enterbt und nur auf sein Pflichtteil gesetzt hatte, sagte er ihr nicht.

Wozu sie damit erschrecken? Er fühlte sich Manns genug, selbst für eine Familie sorgen zu können. Außerdem betrug auch sein Pflichtteil ein ansehnliches Vermögen. Es bekümmerte ihn am wenigsten, daß sein Vater ihn enterben wollte. Alles andere, was er heute morgen erlebt hatte, erschien ihm viel wichtiger und schwerwiegender.

Lori war schnell beruhigt. Sie schmiegte sich nun wieder an ihn. »Nun erzähle doch, Günter — wie verlief die Unterredung mit deinem Vater?«

Er strich sich über die Stirn. »Erlaß es mir, darüber zu sprechen — mein Vater hat mich verstoßen, weil ich gegen seinen Willen geheiratet habe. Wir wollen nicht mehr daran denken und nicht mehr davon sprechen — heute ist unser Hochzeitstag.«

Sie umfaßte seinen Hals. »Und meine Liebe soll dir alles andere ersetzen.«

Er riß sie an sich und bedeckte ihren Mund, ihre Augen und ihre Hand mit Küssen. »Du mußt mir auch alles sein, Liebste«, flüsterte er, und vergaß jetzt alles, was ihn bedrückte, über der Gewißheit, daß diese Frau jetzt ganz ihm gehörte.

Endlich machte Lori der zärtlichen Stunde ein Ende. »Wir müssen uns fertig machen, Günter, sonst kommen wir zu spät zum Bahnhof.« Er sprang auf und fragte hastig:

»Ist dein Gepäck fertig, Lori?«

»Bis auf diesen Koffer. Ich weiß nicht, ob ich auf der Reise meinen Pelzmantel oder die Lederjacke tragen soll. Rate du mir«, sagte sie.

Er sah sie erstaunt an. »Von welchem Pelz sprachst du, Lori — und von welcher Lederjacke?«

»Nun — du kennst doch beides, Günter.«

»Du sagtest mir doch, daß du diesen Pelzmantel und diese Lederjacke nur zur Reklame für die Firma trägst.«

Mit schelmischem Blick sah sie ihn an.

»Oh — jetzt gehören beide Gegenstände mir. Ja, ich wollte sie gestern zurückgeben, sagte aber ganz offen, daß ich mich nur ungern davon trennen würde, und fragte, ob man sie nicht für einen Sonderpreis überlassen würde. Ich muß dir ein Geständnis machen — du darfst aber nicht böse sein —, ich dachte daran, daß du mir, wenn ich erst deine Frau sein würde, wohl das Geld dafür geben würdest. Aber denke dir — es war nicht einmal nötig. Man sagte mir, die Firma habe durch meine Reklame so gute Geschäfte gemacht, daß sie mir für den Pelz und die Lederjacke, die doch nun schon getragen seien, einen lächerlich geringen Preis machen würde. Soviel Geld besaß ich gerade noch, um die Rechnung begleichen zu können. Und nun gehören die beiden Prachtstücke mir, und ich brauche meinen geliebten Mann nicht einmal um Geld zu bitten.«

Lori verstand wirklich reizend zu lügen, und Günter, der diese Lüge für Wahrheit hielt, war entzückt von der Geschichte.

Er küßte sie voll leidenschaftlicher Zärtlichkeit. »Gottlob, daß du nun nie mehr Reklame tragen mußt, meine Lori. Und ich hoffe, daß du andere Wünsche hast, die ich dir erfüllen kann. Du hast mir bisher nie die Freude gegönnt, dir etwas schenken zu dürfen.«

Sie küßte ihn lachend.

»Oh — nun bin ich deine Frau, und es wird mir Freude machen, mich von dir verwöhnen zu lassen. Aber jetzt entscheide, soll ich den Pelzmantel oder die Lederjacke anziehen? Ich will nur dir gefallen.«

Günter hätte am liebsten keines der beiden Kleidungsstücke an Lori gesehen, denn es war ihm peinlich, daß die Frau Günter Warnecks Reklamestücke gekauft hatte. Aber er wollte Loris Freude an dem billigen Erwerb nicht trüben. Schließlich war es ja keine Schande.

»Die Lederjacke ist vielleicht praktischer auf der Reise, Lori. Und du siehst darin entzückend aus. Man wird mich überall um meine schöne Frau beneiden.«

»Soll man auch«, neckte sie.

Und sie schloß schnell ihren Pelzmantel in den Koffer, den sie zu dem wartenden Auto hinuntertragen ließ.

Dann setzte sie ein elegantes Reisehütchen auf ihr kurzes Haar und ließ sich von Günter in die rotbraune Lederjacke helfen, die mit einem großen Wolfsfellkragen und ebensolchen Ärmelaufschlägen besetzt war. Sie sah entzückend aus, und es war Günter nicht zu verdenken, daß er beim Anblick seiner schönen Frau alles vergaß.

Wenige Minuten später saß das junge Paar, das sich von Frau Schmeidler verabschiedet hatte, in dem Auto und fuhr zum Bahnhof.

Und während Günters Augen entzückt auf seiner schönen Frau ruhten, ahnte er nicht, daß sie ihm über den Pelz und die Lederjacke ein Märchen erzählt hatte. Die beiden kostbaren Gegenstände gehörten von Anfang an ihr. Sie hatte sie von ihren Verehrern zum Geschenk erhalten, wie auch viele andere Kostbarkeiten. Günter hätte sicher nicht so glückstrahlend in ihre Augen gesehen, wenn er geahnt hätte, daß hinter diesen Augen die Lüge und der berechnendste Egoismus lauerten. Das alles verstand Lori meisterhaft unter einem kindlichen und unschuldigen Lächeln zu verstecken. So wurde Günters Glück vorläufig nur getrübt durch die Erinnerung an seinen Vater und an den vermeintlichen Verleumder, der seinen Vater gegen seine Frau beeinflußt hatte. Und zuweilen huschte auch Käte Harlands blasses, schmerzliches Gesicht durch seine Erinnerung.

Man machte zuerst in München Station. Von hier aus setzte das junge Paar seine Reise nach Garmisch-Partenkirchen fort. Es war ein herrlicher, klarer Wintermorgen, als sie in dem eleganten Aussichtswagen der Starnberger Bahn in das Bayerische Hochgebirge fuhren. Immer schöner und gigantischer wuchs die schneebedeckte Bergwelt empor. An allen Stationen stiegen Reisende ein und aus, mit Skiern und Schlitten beladen, in mehr oder weniger eleganter Kleidung.

Aber das junge Paar blieb ungestört in seinem Abteil, und Günter war während dieser Reise restlos glücklich über den Besitz seiner Frau. Er hatte alles, was ihn quälen und beunruhigen wollte, weit von sich geschoben. Nicht der leiseste Verdacht auf die moralische Qualität seiner Frau wäre ihm gekommen.

In glücklicher Stimmung traf das junge Paar am Bestimmungsort ein. Am Bahnhof bestiegen sie einen Schlitten und fuhren zum Parkhotel. Schon auf der Fahrt sahen sie auf den Sportplätzen ein reges Treiben. Die jauchzenden Wintersportler sausten im Schlitten oder als Skiläufer zu Tal und ließen sich entweder im Lift hochbefördern oder kletterten zur Erwärmung selbst wieder zur Höhe hinauf.

In dem Hotel waren ihre Zimmer bereit, und in dieser Umgebung von Luxus und Lebensfreude tauchte Günter nun in den nächsten Tagen mit seiner jungen Frau unter.

Sie genossen ihre Hochzeitstage in vollen Zügen. Da Günter Lori jeden Wunsch von den Augen ablas und das Geld mit der selbstverständlichen Großzügigkeit des reichen Mannes ausgab, war Lori sehr zufrieden mit ihrem Dasein als Frau Warneck. Sie nahm als selbstverständlich an, daß dies immer so weitergehen würde, und war gern bereit, ihrem Gatten dafür das Leben so angenehm wie möglich zu machen. Wenn sie geahnt hätte, daß Günter von seinem Vater enterbt worden war, wäre sie wahrscheinlich weniger zufrieden gewesen.

Lori wurde viel umschwärmt und bewundert. Aber vorläufig fand sie ein Vergnügen daran, die vornehme, zurückhaltende Frau zu spielen. Sie benahm sich zu Günters Freude tadellos, und er war fester denn je davon überzeugt, daß sein Vater nur einer Verleumdung zum Opfer gefallen war.

Käte Harland hatte inzwischen einen sehr schweren Stand mit Heinrich Warneck. Der alte Herr schien ganz mit sich und der Welt zerfallen, seit er seinen Sohn verstoßen hatte.

Er war in düsterer Stimmung am Mittag des kritischen Tages nach Hause gekommen und hatte starr und teilnahmslos vor sich hingeblickt. Käte hatte ihn liebevoll besorgt angesehen und wie bittend seine Hand gestreichelt.

»Willst du nicht essen?«

Da hatte er sie mit einem Blick angesehen, der sie erschütterte. Wie im Krampf hatte es sich über seine Lippen gerungen: »Weißt du, daß ich keinen Sohn mehr habe, Käte?«

Sie hatte seine Hand gefaßt. »Günter war hier, Onkel Heinrich. Er hat mich gebeten, seine Sachen packen zu lassen und sie ihm nachzusenden, sobald er Anweisung gibt. Muß ich das wirklich tun, Onkel Heinrich? Können Günters Sachen nicht hierbleiben — bis er eines Tages wiederkommt?«

Der alte Herr schüttelte den Kopf. »Er hat gewählt zwischen mir — und einem sehr wertlosen Objekt. Und sein Herz wird nicht einmal dabei gezuckt haben. Was gilt ihm sein Vater?«

»Mehr als du denkst! Ach, hättest du ihn nur gehört. So liebevoll war er besorgt um dich. Er weiß, daß er dir sehr weh getan hat.«

Schneidend lachte der alte Herr auf. »Warum hat er es denn getan?«

»Weil — ach, Onkel Heinrich — er glaubt an seine Frau — und er muß sie sehr lieben. Es tut ihm jetzt selbst leid, daß er dich mit seiner Heirat überrumpelt hat. Er glaubte, es sei nur eine Machtprobe von dir gewesen. Nun, da er weiß, daß du tiefere Gründe hattest, bedauert er, daß — daß er den Ruf seiner Frau in deinen Augen nicht erst rehabilitiert hat, ehe er sie heiratete.«

»Dann wäre es wohl nie zu einer Heirat gekommen«, höhnte der alte Herr mit bitterer Ironie.

»Verzeih ihm doch, Onkel Heinrich!«

Er sah sie seltsam an. »Du bittest um Verzeihung für ihn — du?«

Sie errötete tief. »Warum nicht ich?« fragte sie leise. Er faßte ihr Gesicht mit beiden Händen. »Weil du ihn liebst, Käte — und weil er in törichter Verblendung über dich hinweg sah und sich leider von jener — jener Person einfangen ließ, die nicht wert ist, dir die Schuhe zu putzen.«

Aus ihrem Gesicht war alle Farbe gewichen.

Sie trat zurück und richtete sich stolz auf. »Davon darfst du nicht reden, Onkel Heinrich — niemals wieder! Ich will dich nicht belügen in dieser Stunde — ja — ich liebe Günter mit der ganzen Kraft meines Herzens. Ich habe ihn geliebt vom ersten Tag an, da ich ihn gesehen habe, und werde ihn immer lieben, solange ich lebe. Aber er kann doch nichts dafür, daß er mich nicht wiederliebt. Niemand kann sein Herz zwingen. Und wenn ich meinem Stolz dies Bekenntnis abgerungen habe — nun versprich mir, nie mehr daran zu rühren und es als tiefes Geheimnis in deiner Brust zu verschließen.«

Er nickte seufzend. »Ich verspreche es dir, mein armes Kind. Nie soll ein Wort über dein Geheimnis über meine Lippen kommen. Sieh — so ein Glück lag vor meinem Sohn, eine Frau wie dich konnte er bekommen — und warf sich weg an eine —«

Sie hielt ihm erschrocken den Mund zu.

»Sprich es nicht aus, Onkel Heinrich — es ist Günter Warnecks Frau, von der du sprichst. Und — vielleicht ist nur der Schein gegen sie, vielleicht ist sie doch nicht so wertlos, wie wir fürchten. Günter liebt sie doch — also muß doch etwas Liebenswertes an ihr sein.«

Er machte eine jäh abwehrende Gebärde. »Für mich gibt es keinen Zweifel, daß er mit ihr betrogen worden ist, mit ihr und durch sie.«

Käte preßte die Handflächen in tiefster Qual zusammen. »Dann ist er doppelt zu bedauern, aber nicht zu verdammen. Wenn ihm eines Tages die Erkenntnis kommt, dann wird viel in ihm zerbrechen. Ein Mensch, der so grenzenlos vertraut, aus einem edlen Herzen heraus, der verbittert leicht, wenn er betrogen wird. Was soll dann aus ihm werden, Onkel Heinrich?«

»Hoffentlich ein vernünftiger Mensch, der sich energisch von diesen unwürdigen Fesseln befreit und dahin zurückkehrt, wohin er gehört. Gott mag geben, daß ich das noch erlebe!«

Mit einem blassen, stillen Gesicht sah Käte ihn an. »Aber dann wird er sehr unglücklich sein — und deshalb müssen wir ihm wünschen, daß ihm nie die Erkenntnis kommt.«

Der alte Herr warf den Kopf zurück. »Ich kann leider nicht so denken wie du. Lieber soll Günter eine Zeit des Unglücks durchmachen, als in solchen Fesseln leben. Es frißt mir am Herzen, daß mein Sohn sich an eine unmoralische Person gebunden hat. Ich kann es nicht verwinden, und es wird mein Herz belasten, solange ich ihn mit dieser Frau zusammen weiß. Mit aller Inbrunst bete ich, daß ihm bald die Augen aufgehen. Was ich dazu tun kann, werde ich tun, das glaube mir!«

Erschüttert sah ihn Käte an.

»Jetzt merkst du erst, Onkel Heinrich, wie lieb du deinen Sohn hast.«

Er stützte den Kopf in die Hände und verbarg sein zuckendes Gesicht.» Er ist doch mein Sohn!« rief er heiser vor Erregung. »Und trotz allem war ich stolz auf ihn, vielleicht am meisten dann, wenn er sich von mir nichts gefallen ließ. Aber in diesem Fall hätte er auf mich hören müssen. Man muß nicht in törichter blinder Leidenschaft alle Schiffe hinter sich verbrennen.«

Käte umfaßte ihn liebevoll. »Onkel Heinrich — wenn ich euch beiden doch hätte helfen können!«

Er hob den Kopf und sah sie an. »Mein armes Kind — du leidest nicht minder als ich — vielleicht noch mehr — und denkst doch nicht an dich. Welch einen Schatz hat mein Sohn unbeachtet gelassen.«

Ein mattes Lächeln huschte über ihr Gesicht. »Er hat mich nicht unbeachtet gelassen, Onkel Heinrich, er hat mir seine-

Freundschaft geschenkt. Und die will ich mir verdienen. Sie ist ein wertvolles Geschenk für mich.«

Er streichelte über ihr Haar. »Und du mußt alle deine Gefühle im Herzen verbergen. Ich weiß es — und kann dir nicht helfen, so gern ich es möchte.«

Sie preßte ihre Augen auf seine Hand. »Nicht davon sprechen«, flehte sie mit leiser Stimme.

Da erhob er sich. »Verzeih — es soll nicht mehr geschehen. Und nun will ich wieder in die Fabrik fahren, mich hält es hier nicht. Ich muß mir Arbeit schaffen, viel Arbeit — das ist die beste Ablenkung. Und außerdem erwarte ich eine wichtige Nachricht — und habe auch noch etwas Besonderes vor.«

Damit verabschiedete er sich.

In seinem Privatbüro in der Fabrik angekommen, fand er auf seinem Schreibtisch einen ziemlich dicken Briefumschlag vor. Er trug in einer Ecke gedruckt den Namen Axel Körner und seinen eigenen Namen als Aufschrift. Der Bürodiener sagte ihm, ein Bote habe das Schreiben vor wenigen Minuten gebracht.

Heinrich Warneck sah mit brennenden Augen darauf nieder und befahl, daß man ihn nicht stören möge.

Als er allein war, öffnete er das Kuvert. Es enthielt zwei Briefe und zwei Rechnungen. Heinrich Warneck entfaltete den einen Brief, der mit dem Namen Axel Körner unterzeichnet war, und las:

»Verehrter Herr Warneck! Als ich Sie heute morgen verließ, geschah es, um mich Ihrem Einfluß zu entziehen. Ich wollte nicht zum Ankläger werden gegen die Frau, die mir schöne Stunden geschenkt hat. Ich glaubte immerhin, daß sie einmal etwas für mich gefühlt hatte — und daß ich wenigstens kurze Zeit der einzige Mann war, mit dem sie verkehrte, wie sie mit mir verkehrte. Ein Zufall führte mich nun auf dem Nachhauseweg meinem Freund Doktor Arndt in den Weg — und er plauderte mir aus, daß er, ohne es zu wissen und zu wollen, zu gleicher Zeit mein Rivale in der Gunst-

der schönen Lori Leixner gewesen ist. Das Resultat unserer darauf folgenden Bekenntnisse ist die beiliegende, für Herrn Doktor Arndt ausgestellte und von ihm beglichene Rechnung. Ich habe mich danach zu der Einsicht durchgerungen, daß Rücksichtnahme einem Fräulein Leixner gegenüber nicht am Platz ist, wenn ein guter Name, wie der Ihre, auf dem Spiel steht. Ich lege Ihnen also ohne Kommentar auch eine für mich ausgestellte Rechnung — und einen Brief der betreffenden Dame bei. Ich denke, das wird genügen, um Ihren Herrn Sohn zu überzeugen, daß man so eine Person nicht heiratet, wenn man das Glück hat, einen ehrenhaften Namen zu führen. Ich hoffe, Ihnen einen Dienst erwiesen zu haben, indem ich Ihnen diese Papiere aushändige, und mache Sie noch darauf aufmerksam, daß die beiden Rechnungen fast zu gleicher Zeit ausgestellt wurden. Vielleicht war auch Ihr Herr Sohn an jenem Datum schon mit Fräulein Leixner liiert, wie sie auch mit Doktor Arndt und mir liiert war. Diskretion brauche ich über diese Angelegenheit weder zu erbitten noch zu versprechen. Wir haben alle das gleiche Interesse, sie totzuschweigen. Ich begrüße Sie mit größter Hochachtung Ihr Axel Körner.«

Heinrich Warneck starrte auf den Brief herab.

»Zu spät!« sagte er bitter.

Aber dann richtete er sich auf.

Nicht zu spät, um meinen Sohn aus den Banden dieser Person zu befreien, dachte er aufatmend.

Und dann entfaltete er die beiden Rechnungen.

Die eine war von einer Pelzfirma für Herrn Axel Körner ausgestellt und lautete:

»Ein Nerzpelzmantel für Fräulein Lori Leixner in Ihrem Auftrag geliefert.«

Die andere Rechnung war von einer Firma für Sportbekleidung ausgestellt für Herrn Doktor Arndt und lautete:

»Eine Nappalederjacke mit Wolfspelzkragen und Ärmelaufschlägen für Fräulein Lori Leixner auf Ihre Bestellung angefertigt.«

Es zuckte verächtlich um Heinrich Warnecks Mund. Das war deutlich genug.

Fräulein Leixner hatte sich ihre Zuneigung mit einem Pelzmantel und einer Lederjacke bezahlen lassen. Und sie war seines Sohnes Frau und trug seinen Namen.

Ein Stöhnen kam über die Lippen des alten Herrn.

Endlich raffte er sich auf und las nun auch noch den zweiten Brief. Er steckte gesondert in einem veilchenfarbenen Umschlag und war parfümiert. Unterschrieben war er »Lori« und er lautete:

»Mein einzig lieber, süßer Schatz! Schnell muß ich Dir tausend dankbare Küsse senden. Ich fand in Deinen Blumen das Etui mit dem Brillantring versteckt. Er ist wundervoll, noch viel schöner, als ich glaubte, als ich ihn im Schaufenster sah. Wie lieb von Dir, mir diesen Herzenswunsch zu erfüllen, ehe ich ihn noch in Worte gefaßt habe. Du bist mein lieber, lieber Schatz, und ich werde Dich belohnen. Bitte, hole mich aber nicht vom Theater ab. Wir wollen auch nicht ausgehen, Schatz. Frau Schmeidler kann uns ein Souper zusammenstellen, dann sind wir allein und nicht unter fremden Menschen. Du erwartest mich bei mir zu Haus halb zehn Uhr. In brennender Sehnsucht nach einem Wiedersehn, mit tausend Küssen Deine Lori.«

Datiert war dieser Brief vom 10. Oktober, die Rechnung für Doktor Arndt vom 14. Oktober und die Rechnung für Axel Körner vom 21. Oktober.

Mit einem verächtlichen Blick verglich Heinrich Warneck diese Daten, die für sich selber sprachen.

Nun hielt er die Beweise in den Händen, daß Lori Leixner nicht nur die Geliebte des Herrn Körner, sondern zu gleicher Zeit auch noch die des Doktor Arndt gewesen war. Ob sie in jener Zeit schon mit seinem Sohne bekannt gewesen war, würde dieser selbst wissen. Es stand fest bei ihm, daß sein Sohn diese Papiere erhalten müsse. Er mußte erfahren, daß sich diese Person ihre sogenannte Liebe mit kostbaren Geschenken bezahlen ließ.

Aber dieser Tag sollte dem alten Herrn noch weitere Aufschlüsse über die Person Lori Leixners bringen. Das Detektivbüro, das er beauftragt hatte, über das Vorleben der jungen Schauspielerin Nachforschungen anzustellen, berichtete ihm heute, was man in Erfahrung gebracht hatte. Es war ebenfalls nichts Lobenswertes — im Gegenteil —, Heinrich Warneck erhielt auch über das frühere Leben der jungen Dame allerlei Aufschlüsse, die es ihm unerträglich machten, in ihr seine Schwiegertochter zu sehen.

Seine Hände ballten sich. Diese Beweise mußten auch seinem Sohn Günter genügen, und wenn Günter danach noch nicht von dieser Frau zu lösen war, dann war er verloren.

Düster starrte er vor sich hin. War es möglich, daß Günter bei dieser Frau blieb, selbst wenn er die Beweise ihrer Unmoral in Händen hielt?

Aber — wenn Günter sich mit seinem Starrkopf in die Idee verrannte, daß er in dieser Ehe ausharren müsse?

Der alte Her fiel kraftlos in einen Sessel. Er fühlte sich schon seit einiger Zeit schwach, elend, und vermochte den schmerzlichen Erregungen nicht so stark gegenüberzustehen, wie er es gewünscht hätte. Finster sah er vor sich hin.

Wie, wenn Günter auch diesen Beweisen gegenüber nicht zur Vernunft kam?

Er biß die Zähne zusammen, und die Adern an seiner Stirn schwollen an. Mit einer entschlossenen Gebärde richtete er sich auf und legte einen großen Briefbogen vor sich hin.

»Mein letzter Wille.«

So schrieb er mit seinen großen, steilen Buchstaben. Und ohne lange zu überlegen, schrieb er sein Testament nieder. Er hatte geschworen, seinen Sohn zu enterben bis auf sein Pflichtteil, und diesen Schwur mußte er halten. Aber — eine Hintertür ließ auch dieser, trotz allem liebevolle Vater noch auf. Löste sich Günter von Lori Leixner, dann sollte er den Weg ins Vaterhaus wieder offen finden — den Weg zu einem neuen Glück. Tat er es nicht — dann blieb er verbannt aus

Haus und Erbe. Für eine Lori Leixner gab es keinen Weg über die Schwelle seines Hauses!

Als Heinrich Warneck am Abend dieses ereignisreichen Tages vom Abendessen aufstand, sagte er zu Käte Harland: »Bitte, komm mit mir hinüber in mein Arbeitszimmer. Du bist so sehr meine Vertraute geworden, daß ich etwas mit dir besprechen möchte, was man sonst nicht mit jungen Damen zu besprechen pflegt.«

Käte sah unruhig fragend in sein blasses Gesicht, in das dieser Tag einen qualvollen Leidenszug eingegraben hatte, aber sie ging ohne Widerrede mit ihm.

Als sie das große, mit schwerer Pracht ausgestattete Arbeitszimmer betreten hatten, ließ sich Heinrich Warneck vor seinem Schreibtisch nieder und bat Käte, in einem Sessel Platz zu nehmen. Dann entnahm er seiner Brieftasche einige Papiere.

»Du weißt, was mir jetzt am meisten auf der Seele liegt, Käte.«

Sie nickte. »Ja, lieber Onkel, ich weiß es!«

Er strich sich über die Stirn. »Ich sprach dir heute mittag davon, daß ich im Geschäft Wichtiges vorhabe. Jetzt will ich dir sagen, was heute nachmittag geschehen ist. Zuerst fand ich in meinem Büro einen Brief vor, und dessen Inhalt hat mir den Beweis gebracht, daß jene Person, die meinen Sohn in ihre Netze gezogen hat, tatsächlich ein unmoralisches, minderwertiges Geschöpf ist.«

»Was hast du in Erfahrung gebracht, Onkel Heinrich?«

Er legte die Beweisstücke, die er von Axel Körner erhalten hatte, vor sie hin. — »Bitte — lies das in Ruhe durch.« Mit bebenden Händen entfaltete sie nun die Schriftstücke, las sie durch und ließ die Hände kraftlos herabsinken.

»Um des Himmels willen!« rang es sich über ihre blassen Lippen.

Der alte Herr legte ein Schriftstück vor sie hin, das er zurückgehalten hatte. »So — und nun lies das! Es ist ein Bericht über das Vorleben dieser Person. Sie hat mit ihrem Vater, der sich keines guten Leumundes erfreute, ein sehr abenteuerliches Leben geführt. Und das ist jetzt meines Sohnes Frau!«

Käte las auch dieses Schriftstück durch, dann stöhnte sie laut. »Onkel Heinrich — das darf Günter nie erfahren!«

Der alte Herr fuhr auf. »Doch — das muß er erfahren!«

Sie rang die Hände. »Es wird ihn vernichten.«

»Nein — es wird ihn frei machen, wenn er ein Mann ist!«

Ihre Augen füllten sich mit angstvollen Tränen. »Es wird ihm weh tun — es wird sein ganzes Glück zerstören.«

»Sein Glück? Hältst du es für ein Glück, der Mann einer solchen — Person zu sein?«

Zitternd atmete sie auf. »Solange er sie noch für sauber und ehrenhaft hält, wird er glücklich sein. Nimmt man ihm seinen Glauben, so wird sein Glück vernichtet. Gerade weil er so schrankenlos vertraute, wird er um so tiefer getroffen werden. Denke dich doch in seine Lage, Onkel Heinrich. Er liebt diese Frau mit aller Inbrunst seines Herzens, er glaubt an sie und sieht ein Ideal in ihr. Und gerade jetzt, in den ersten Tagen seiner Ehe, wird er sich seines Glückes freuen. Kannst du es über das Herz bringen, ihm diesen Schlag zu versetzen?«

»Das ist ein Schlag, der ihn gesund machen wird von einem verdorbenen Gefühl.«

Sie hob bittend die Hände. »Und wenn nicht? Wenn diese Frau gerade jetzt in den ersten Wochen der Ehe so viel Macht über ihn hätte, daß er sich nicht von ihr zu lösen vermag, auch nicht, wenn er es wollte? Lieber Onkel Heinrich — ich flehe dich an — gönne ihm jetzt wenigstens eine Frist, ehe du ihm diese furchtbare Eröffnung machst. Vielleicht wird er inzwischen selbst ernüchtert, vielleicht entdeckt er Fehler und Schwächen an ihr, die ihn klarer sehen lassen. So trifft es ihn vielleicht dann nicht mehr so hart — wie gerade jetzt.«

Mit einem seltsam weichen Blick sah der alte Herr in ihr blasses, erregtes Gesicht.

»Du großes, liebes Herz! Ja, ich kann dich nur rückhaltlos bewundern. Immer nur denkst du an ihn und achtest der eigenen Schmerzen nicht. Also — dir zuliebe will ich ihm eine

Frist geben, selbst zur Vernunft zu kommen. Wie lange soll ich ihn in den Klauen dieses Weibsbildes lassen? Entscheide du.«

Sie machte ein ängstlich abwehrendes Gesicht. »O bitte, Onkel Heinrich — eine solche Entscheidung würde mich sehr belasten. Gönne ihm nur eine Gnadenfrist, daß er nicht zu jäh aus seinem Himmel stürzt.«

Leise strich er über ihr Haar. Dann steckte er die belastenden Schriftstücke in einen Umschlag, schloß ihn und schrieb den Namen seines Sohnes darauf.

»So, Käte — nimm das an dich. Sende es Günter, wenn du willst — aber nicht später als heute in zwei Wochen. Darauf muß ich bestehen. Mir lastet ohnedies jeder Tag, den ich meinen Sohn in den Händen dieser Frau weiß, wie ein Alp auf der Seele.«

Käte faßte schnell nach dem Umschlag.

»Ich danke dir, für Günter, und Gott mag geben, daß er schon früher zur Einsicht kommt, und hoffentlich schmerzloser, als ich fürchte.«

»Du gibst mir aber dein Wort, daß diese Papiere spätestens in zwei Wochen an ihn abgeschickt werden.«

»Ich gebe dir mein Wort«, sagte sie seufzend und fuhr dann bittend fort: »Willst du nicht einige gute Worte für ihn hinzufügen?«

Der alte Herr starrte vor sich hin. Dann warf er mit einer abwehrenden Gebärde den Kopf zurück:

»Nein! Es wird an ihm sein, mir gute Worte zu geben. Aber nun noch etwas anderes. Ich habe geschworen, meinen Sohn zu enterben, wenn er diese Person heiratet. Ich hoffte ihn durch diesen Schwur von der Torheit abzuhalten, die er nun doch begangen hat. Schwur ist Schwur! Und man soll nicht zögern, seine Schwüre zu erfüllen. Ich darf es um keinen Preis dazu kommen lassen, daß mein Sohn, falls er in seiner Verblendung von dieser Frau nicht loskommt, sie nach meinem Tod in dies Haus führt und zur Herrin meines Vermögens macht. Deshalb habe ich gleich heute meinen letzten

Willen niedergeschrieben — und du sollst dies Testament lesen, ehe ich es versiegele.«

Damit nahm der alte Herr aus seiner Brieftasche sein Testament und legte es vor Käte hin. — Diese sah erst betroffen zu ihm auf und beugte sich dann auf das Papier hinab, um zu lesen:

»Mein letzter Wille!

Hierdurch bestimme ich letztwillig, daß nach meinem Tod mein Mündel, Fräulein Käte Harland, Tochter meines besten Freundes, des Professors Klaus Harland, meine Universalerbin wird. Alles, was ich hinterlasse — die Firma Warneck, mein Wohnhaus, meine sonstigen Besitztümer gehen in ihren Besitz über, auch mein Barvermögen, soweit es meinem Sohn Günter Warneck nicht als Pflichtteil zugesprochen wird. Ich setze meinen Sohn auf dieses Pflichtteil, weil er gegen meinen Willen eine Frau heiratete, die seiner und unserer Familie unwürdig ist. Sollte sich mein Sohn, wie ich hoffe und wünsche, von dieser unwürdigen Ehefrau befreien, so soll er wissen, daß ich keinen heißeren und sehnlicheren Wunsch habe, als daß er sich später mit meinem Mündel, Käte Harland, verheiratet. Mein Segen soll bei ihm sein, und dann soll ihm alles verziehen sein, was er mir angetan hat durch seine Verheiratung mit einer unmoralischen Person.

Berlin, den 25. Januar 19 . .

Heinrich Warneck.«

Käte war abwechselnd blaß und rot geworden. Nun starrte sie den alten Herrn mit großen Augen an.

»Onkel Heinrich — das hättest du nicht tun dürfen!« stieß sie mit versagender Stimme hervor.

»Was hätte ich nicht tun dürfen, mein liebes Kind?«

»Daß du mich zu deiner Erbin einsetzt«, sagte sie erregt.

»Wer steht mir näher nach meinem Sohn als du?«

Sie krampfte die Hände zusammen und sah ihn bittend an.

»Zerreiß dies Testament, Onkel Heinrich! Wenn Günter die Beweise über den unmoralischen Lebenswandel seiner Frau erhält, wird er sich von ihr lösen!«

»Das erscheint mir nicht sicher. Ich weiß nicht, wie fest ihn die Bande dieser Schlange umschließen.«

»Wie soll ich aber Günter gegenüberstehen, wenn er einst dies Testament zu lesen bekommt?«

Der alte Herr atmete tief auf und nahm Kätes Hand in die seine.

»Kleine Käte — kannst du mich nicht verstehen? Ich habe geschworen, daß ich Günter enterben werde — und Schwüre muß man halten. Aber ich lasse meines Sohnes Schicksal in deiner Hand, weil ich weiß, daß es da am besten aufgehoben ist. Und ich wollte dir eine Genugtuung dafür geben, daß er dich verschmähte. Wenn du ihn, nach allem, was geschehen ist, nicht heiraten willst — dann liegt es ja in deiner Hand, ihn zum Chef der Firma Warneck einzusetzen und ihm von deinem Erbe zu überlassen, soviel zu willst. Er ist dann von deiner Gnade abhängig — das soll dir eine Genugtuung sein. Verstehst du mich nun?«

Sie nickte. »Ja — nun verstehe ich dich. Du suchst nach einem Ausweg, um die Härte zu mildern, die dir dein unseliger Schwur auferlegt hat. Aber trotzdem flehe ich dich an, zerreiße dennoch dieses Testament«, rief sie außer sich.

Er schüttelte den Kopf, steckte das Testament in ein großes Kuvert, versiegelte es und drückte seinen Ring auf den Lack.

»Ich ändere nichts an diesem Testament, Käte, denn es enthält tatsächlich meinen letzten Willen. Aber beruhige dich, ich hoffe und wünsche, daß Günter sich noch vor meinem Tod von dieser Person löst und daß er dann selbst den Weg zu seinem wahren Glück findet. Dann wird sich alles regeln lassen. — Aber — rasch tritt der Tod den Menschen an — du weißt, mein altes Leiden macht mir schon seit Monaten zu schaffen, und ich darf nicht zögern, meine Vorkehrungen zu treffen. Ich würde nicht Ruhe finden im Grab, wenn diese Person sich in mein Haus drängen und die Herrin spielen würde. Du sollst die Herrin dieses Hauses sein und bleiben. Hoffen wir, daß mein Sohn zu mir zurückkehrt, ehe ich die Augen für immer schließe. Sterbe ich vorher, dann sage du ihm, daß ich ihm alles verzeihe, wenn er dich an seine Seite ruft.«

Sie schüttelte völlig verzweifelt den Kopf.

»Onkel Heinrich — ich würde sehr unglücklich sein, wenn Günter eines Tages dies Testament lesen würde.«

Er strich ihr über das Haar. »Ich hoffe, daß du dann längst seine Frau bist. Und wenn nicht — Menschen wie dich und Günter muß man zu ihrem Glück zwingen. Sieh — ich lege dies Testament hier in den eingebauten Safe. Möglich, daß ich es noch ändere, falls Günter, von den gegenwärtigen Fesseln befreit, zu mir zurückkehrt. Vorläufig soll es so bleiben.«

Damit verschloß er das Dokument in den neben seinem Schreibtisch befindlichen Safe.

Käte sah mit großen, starren Augen zu. Sie hätte ihm am liebsten das Testament entrissen und vernichtet. Aber was hätte das geholfen — er hätte es von neuem aufgesetzt. Sie kannte seinen Starrkopf. Und trotzdem sie wußte und fühlte, daß er mit diesem Testament nur ihr und Günters Glück begründen wollte, wußte sie aber auch, daß sie auf diese Weise niemals glücklich werden konnte. Wenn Günter Warneck eines Tages, durch dies Testament bestimmt, zu ihr kommen und um ihre Hand anhalten würde, nachdem er sich von seiner Frau gelöst haben würde, dann wußte sie doch, daß er nur gezwungen zu ihr kam, und dann mußte sie ihn abweisen. Das würde ihr Stolz von ihr verlangen.

Und ob er dann von ihr annehmen würde, was der Vater ihm vorenthalten hatte, war bei seinem Charakter sehr zweifelhaft. Nie würde dies unselige Testament ihr Glück begründen.

Sie saß zusammengesunken in ihrem Sessel und umklammerte mit zitternden Händen die Armlehnen. Der alte Herr wandte sich ihr wieder zu, nachdem er das Testament verschlossen hatte.

»So, Käte, nun ist das zwischen uns erledigt. Und nun laß den Kopf nicht hängen. Ich meine es gut mit euch.«

Sie faßte seine Hand und zog sie an ihre Lippen. »Das weiß ich — und deshalb weiß ich auch, daß all meine Bitten dich nicht bewegen werden, dies Testament zu vernichten. So kann ich nichts anderes tun, als inbrünstig zu beten, daß Günter zu dir zurückkehrt, solange du am Leben bist.«

»Das wünsche ich auch, kleine Käte, und deshalb ermahne ich dich — schicke den Umschlag mit den gravierenden Beweisen möglichst bald an Günter ab. Meiner Ansicht nach ist es das beste, ihm schnell die Augen zu öffnen.«

Käte umklammerte das Kuvert mit beiden Händen.

»In spätestens zwei Wochen werde ich es schicken«, sagte sie tonlos.

Und sie erhob sich und verließ an seiner Seite das Arbeitszimmer. Draußen bat sie: »Entschuldige mich einige Minuten, ich will nur diesen Brief in meinem Schreibtisch einschließen. Nachher komme ich wieder ins Wohnzimmer.«

Er nickte ihr zu und sah ihr nach, wie sie langsam, mit müden Schritten die Treppe hinaufging. Ein Gefühl der Rührung überkam ihn.

»Gott verhelfe ihr zu ihrem Glück«, sagte er zu sich selbst.

Käte sank, als sie in ihrem Zimmer allein war, kraftlos in einen Sessel und starrte vor sich hin. Sie hätte ihr eigenes Menschenglück willig hingegeben, wenn sie dadurch Günter vor der Enttäuschung hätte bewahren können, die ihm bevorstand, wenn sie diesen Brief an ihn absandte. Aber ebensosehr wie dieser Gedanke bedrückte sie der an das Testament. Es demütigte sie namenlos, daß ihr Vormund sie Günter sozusagen zum zweiten Male zur Frau anbot. Wie sollte sie vor Günter bestehen, wenn er dieses Testament las? Mußte er sie nicht hassen und verachten, weil sein Vater ihr sein ganzes Erbe vermachte und ihn zwingen wollte, sie zu heiraten? Der Gedanke an das unselige Testament würde ihr Ruhe und Frieden rauben — das wußte sie.

VIII

Günter Warneck hatte mit seiner jungen Frau in dem Kurort herrliche Tage verlebt.

Sie betrieben beide fleißig Wintersport, fuhren auf Schlitten oder Skiern zur Tal und machten wundervolle Schlittenfahrten in die Umgebung.

Des Abends nahmen sie an den Geselligkeiten im Hotel teil und machten auch in Gesellschaft weitere Ausflüge in die verschneiten Berge.

Aber im Grunde freute sich doch nur Lori rückhaltlos an diesem lustigen Treiben. Die schöne Frau fand auch hier sehr viele Verehrer, die sie umschwärmten, aber wenn sie auch nicht mehr so zurückhaltend war wie in den ersten Tagen, so begnügte sie sich doch mit harmlosen Flirts, an denen Günter keinen Anstoß nehmen konnte.

Dieser konnte jedoch trotz seiner hochzeitlichen Stimmung eine heimliche Niedergeschlagenheit nicht vertreiben. Er dachte viel mehr als er wollte an seinen Vater — und an Käte. Ja, Käte fehlte ihm überall. Mit ihr hatte er in letzter Zeit offen über alles sprechen können, was ihn bedrückte, und es war ihm dabei immer so warm ums Herz geworden. Sie verstand alles, was ihn bewegte, ohne daß er es in besondere Worte zu kleiden gebraucht hätte. Ohne daß er es beabsichtigte, begann Günter Vergleiche zwischen seiner Frau und Käte zu ziehen. Darüber ärgerte er sich selbst, aber er konnte es nicht unterlassen. Und noch etwas bedrückte ihn namenlos und verleidete ihm jede frohe Stunde. Er wußte, daß in Berlin ein Mann lebte, der seine Frau bei seinem Vater verleumdet hatte. Und diesen hatte er noch nicht zur Rechenschaft ziehen können. Das mußte geschehen, wenn er seine Ruhe wiederfinden sollte. Er wartete auf eine Gelegenheit, wo er Lori nach den Namen ihrer Verehrer fragen konnte, aber bisher hatte er es noch nicht über die Lippen gebracht.

Es erschien ihm hart und grausam, Lori mit solchen Fragen aus der jungen Glückseligkeit zu reißen. An ihrer Liebe zu ihm zweifelte er keine Sekunde.

Aber er irrte sich. Lori war wohl augenblicklich ein wenig verliebt in ihren Mann, zumal sie merkte, daß andere Frauen mit brennendem Interesse ihre Augen auf seine schlanke und elegant-sportliche Erscheinung richteten und sich mühten, seine Aufmerksamkeit zu erringen. Aber vor allem war sie eine jener Naturen, denen nur gefällt, was andere Menschen ihnen neiden. Und daß sie von vielen Seiten um ihren interessanten und gutaussehenden Mann beneidet wurde, merkte sie sehr wohl.

So war das junge Paar zum Mittelpunkt der Gesellschaft geworden, und eine Veranstaltung, an der es sich nicht beteiligte, war von vornherein als mißlungen zu betrachten.

Eines Tages wurde beschlossen, daß die Hotelgäste einen gemeinsamen Ausflug in Schlitten nach Kloster Ettal und Schloß Linderhof machen wollten. Günter und seine Frau hatten ihre Zusage gegeben, obwohl für Günter eine solche Fahrt in großer Gesellschaft nichts Verlockendes hatte. Er wäre viel lieber mit Lori allein gefahren, denn eine Besichtigung von Kloster Ettal und Schloß Linderhof hatte er ihr schon versprochen.

Als er Lori sagte, daß er lieber allein mit ihr gefahren wäre, umarmte sie ihn lachend und sagte: »Ich fahre natürlich auch lieber mit dir allein, aber wir können uns doch nicht immer ausschließen.«

Er atmete tief auf und küßte sie leidenschaftlich. »Es fehlt nur noch, daß man uns auf der Fahrt trennt und daß ich mit irgendeiner langweiligen Dame im Schlitten sitzen muß, während du mit einem anderen Kavalier davonfährst.«

Loris Augen blitzten auf. Sie wußte, daß eine junge Bankiersfrau aus Hamburg sich darum bemüht hatte, mit Günter zusammen fahren zu dürfen. Er sollte ihr Schlittenherr sein. Um das zu verhindern, hatte sie bereits beim Auftauchen des Schlittenprojektes erklärt: »Mein Mann und ich beteiligen uns gern, aber nur, wenn wir in einem Schlitten zusammen fahren dürfen.« — Und sie hatte sich gefreut, daß die Bankiersfrau ihr einen wütenden Blick zuwarf.

Sich an Günter schmiegend, sagte sie nun schelmisch: »Schatz, daraus wird nichts, dafür habe ich schon gesorgt. Ich habe ebensowenig Lust, mit einem anderen Mann zu fahren, wie du eine andere Schlittendame haben möchtest. Und deshalb habe ich unsere Beteiligung nur unter dem Vorbehalt zugesagt, daß wir beide in einem Schlitten fahren.«

Er drückte sie fest an sich.

»Das hast du gut gemacht, Lori, nun ist mir der Gedanke schon erträglicher. Wir sind dann wenigstens auf der Fahrt allein. Bei der Besichtigung des Klosters und des Schlosses werden die verständnislosen Schwätzereien dieser Gesellschaft mich freilich um jeden Kunstgenuß bringen.« —

Am nächsten Morgen um acht Uhr standen die gemieteten Schlitten vor dem Hotel zur Abfahrt bereit. Gegen zehn Uhr wollte man in Kloster Ettal sein und im dortigen Gasthof frühstücken. Um elf Uhr sollte es weitergehen nach Schloß Linderhof, dem ehemaligen Sommersitz des unglücklichen Bayernkönigs Ludwig. Dort würde man um zwölf Uhr etwa eintreffen, das Schloß besichtigen, danach im Schloßrestaurant das bestellte Essen einnehmen und dann um zwei Uhr die Rückfahrt antreten. In Kloster Ettal sollten dann auf der Heimfahrt bereitgehaltene Fackeln angezündet werden, damit man von da aus bis zurück nach Garmisch-Partenkirchen bei Fackelbeleuchtung den Heimweg antreten könnte. — So war alles gut vorbereitet. Hinter den Bergen leuchtete die aufsteigende Sonne in einem rotgoldenen, von Dunst verschleierten Strahlenglanz, und langsam schob sich der feurige Sonnenball empor wie eine glutrote Kugel, die noch in Dunstschleier gehüllt war. Noch lag Frühlichtgrau über dem verschneiten Tal, und nur die weißen Berghäupter schimmerten schon im rosigen Licht.

Günters Augen genossen dies wunderbare Naturschauspiel, als er an Loris Seite davonfuhr. Er machte sie darauf aufmerksam, aber Lori hatte keinen Sinn für Naturschönheiten.

»Sehr nett!« sagte sie nur.

Das berührte Günter wie ein greller Mißklang. Es ist merkwürdig, daß zuweilen ein unbedachtes Wort eines Menschen Aufschlüsse über seine Denkungsart gibt. Jedenfalls war Günter durch dieses oberflächlich »Sehr nett« vollkommen aus seiner andächtigen Stimmung gerissen. Und er mußte sich insgeheim fragen, was Käte Harland wohl für strahlende Augen beim Anblick dieses Naturschauspiels gemacht haben würde.

Lori ließ ihm indes nicht viel Zeit, seinen Gedanken nachzuhängen. Sie schmiegte sich, wohlig in ihren Pelzmantel gehüllt — es war derselbe, den sie von Axel Körner zum Geschenk erhalten hatte und über dessen Erwerb sie Günter ein Märchen erzählt hatte — an seine Seite. Ihre Hände steckten in einem großen Pelzmuff und die Füße in Pelzstiefeln. Zum Überfluß lagen unten im Schlitten in Stroh eingehüllte große Wärmflaschen. Es war vorsorglich alles von dem Veranstalter bedacht worden, um den Gästen die lange Schlittenpartie behaglich zu machen.

Die Schellen am Lederbehang der dampfenden Pferde läuteten in den stillen Morgen hinein. Jetzt fuhr man an der Kirche vorüber, in der noch von der Messe die Lichter brannten. Die dunklen Gestalten der Gläubigen huschten vorbei oder blieben stehen, um dem Schlittenzug nachzusehen. Das gefiel den Einheimischen — das brachte Geld unter die Leute, und die Fremden, »die damischen Stadtfracks«, mußten es zahlen. Man verkaufte die Reize seiner angestammten Heimat gern so teuer wie möglich an die Fremden. Das war Lokalpatriotismus.

Aber unbekümmert um alle Äußerlichkeiten der Menschen streckten die gigantischen Bergriesen ihre schneebedeckten Häupter in das auflodernde Sonnenlicht. Und die Partnach rauschte ebenso unbekümmert durch die verschneite Landschaft.

Von Schlitten zu Schlitten tönte Lachen und Plaudern, und fröhliche Zurufe erfüllten klar und deutlich die Luft.

Günter verfiel abermals dem Zauber der jungfräulichen Natur. Seine Blicke gingen in stiller Andacht umher. Drüben baute sich im rötlichen Glanz das Bergpanorama auf, weit hinten die Zugspitze, vor ihr der große und kleine Waxenstein, daneben die Alpspitze und die Dreitorspitze. Als die Schlitten einbogen und längs des Bahndammes dahinglitten, blieb dies Bergpanorama hinter ihnen zurück, und ein neues baute sich auf. Man passierte einige Ortschaften, und die Sonne stieg in leuchtender Klarheit empor. Es war ein herrlicher, windstiller Wintermorgen, und die Aussicht war wundervoll klar.

So war man bis an die berühmte Ettaler Straße gekommen, die, teilweise aus den Felsen herausgesprengt und -gehauen, ein großartiges Werk von Menschenhand und Menschengeist ist. Langsam fuhren die Schlitten die weiten Serpentinen dieser Straße empor. Prächtige Ausblicke boten sich der fröhlichen Gesellschaft. Drüben über einer tiefen Schlucht mit vereisten Wasserfällen tauchte der Königsstand mit seinen schneebedeckten Tannen auf, jener herrliche Erdenfleck, auf dem König Ludwig so oft auf seinem Pferd Rast gehalten und in sein Land geschaut hatte. Weiter aufwärts zur Höhe fuhren die Schlitten, und tiefer und steiler fielen die Schluchten ab und grenzten so dicht an die Straße, daß diese mit eisernen Stangen abgezäunt werden mußte. In zahllosen Windungen stieg die Straße höher und höher, die dampfenden Pferde zogen die leichten Schlitten empor. Und dann hatte man den höchsten Punkt erreicht, und auf einmal war das hinter den Bergen liegende Tal sichtbar. Ein neues, wundervolles Bergpanorama breitete sich aus, und drunten im Tal lag in seiner klaren, imponierenden Schönheit das Kloster Ettal.

Über seine langgestreckten Seitenflügel ragte die herrliche Basilika empor, von den verschieden geformten Ecktürmen flankiert. Ein Bild des Friedens und der köstlichsten-

Weltabgeschiedenheit, lag das Kloster am Fuße des Ettaler Mandl. Den Mönchen dieses Klosters soll es untersagt sein, Ettal zu verlassen. Man könnte diese Mönche beneiden, denn in ihr stilles Tal wagt sich wohl nichts von dem drohenden Elend unserer Zeit.

Das Kloster war rings von freundlichen Bauernhäusern umgeben. Etwas seitwärts lag der Gasthof. Dorthin fuhren die Schlitten nun bergabwärts in schneller Fahrt.

»Sieh doch, Lori — ist das nicht ein herrlicher, einzigartiger Anblick, dies friedliche Kloster in seiner schlichten Schönheit inmitten einer grandiosen, erhabenen Bergwelt«, sagte Günter, hingerissen von dem, was er da schaute.

Lori ließ ihre Augen gleichgültig umherschweifen. »Sehr nett«, sagte sie wieder verständnislos.

Günter zuckte wie unter einem körperlichen Schmerz zusammen. Dieses verständnislose, banale »Sehr nett« riß ihn aus seiner begeisterten Stimmung. Wieder dachte er an Käte. Er erinnerte sich eines Sommermorgens an der See. Er war mit dem Vater und Käte für einige Wochen an die Ostsee gefahren und an jenem Morgen war er früher als sonst aufgestanden.

Nur eine einsame schlanke Frauengestalt hatte ganz vorn am Wasser gestanden. Als er näher kam, hatte er Käte erkannt. Sie sah mit großen verträumten Augen über das bewegte Meer hinweg. Auf seinen Anruf war sie leicht zusammengezuckt und hatte sich nach ihm umgewandt.

»Sie sind schon so früh am Strand, Käte?« hatte er gefragt.

Sie hatte tief Atem geholt. »Mit der Natur muß man allein sein, wenn man sie recht genießen und verstehen will, Günter.«

»Dann störe ich Sie gewiß?«

»Nein, nein, Sie sind mir ja kein Fremder, und ich weiß, daß Sie den Wundern der Natur und allen Schönheiten der Welt mit offenem Auge und Herzen gegenüberstehen. Sehen Sie doch, wie herrlich sich der Himmel in seinem tiefen Blau über dem Meer wölbt. Man möchte in Andacht die Hände falten und Gott danken, daß er die Welt so schön gemacht hat.«

Diese Worte Kätes klangen jetzt in ihm nach. Es erwachte etwas wie Sehnsucht in ihm, daß Käte jetzt bei ihm sein und mit ihm diesen Anblick genießen möchte. Wie würden ihre Augen leuchten beim Anblick dieser Berglandschaft, in die das Kloster Ettal so wundervoll eingebettet war.

Seine Frau aber — die, die er an seine Seite gestellt hatte und die alles mit ihm teilen sollte — sagte nichts als ein banales »Sehr nett«, wenn ihm das Herz voll war von all der Schönheit. Sie empfand nichts bei diesem Anblick, der ihn begeisterte und entzückte.

»Sehr nett.«

Ihm war, als könne er den abgeschmackten Klang dieser Worte nicht mehr loswerden.

Als sie nach zwei Minuten am Ettaler Gasthof den Schlitten verließen und in dem gemütlichen Gastzimmer das Frühstück einnahmen, hatte er ein Gefühl grenzenloser Einsamkeit, das ihm das Herz schwer machte. Er beteiligte sich wenig an der witzigen und lustigen Unterhaltung. Dieser seichte Gesellschaftston berührte ihn wie eine Dissonanz; und als man hinüberging zum Kloster, um es zu besichtigen, hielt er sich absichtlich abseits von den anderen. Er überließ seine Frau der Gesellschaft einer Dame, mit der sie sich gerade in die Geheimnisse eines neuen Kleiderschnittes vertiefte, und wartete, bis er allein zurückblieb.

Die stillen Mönche huschten lautlos durch die weiten Räume. Einer von ihnen stand in einem der Gänge an einem Tisch und wusch in einer Schüssel sorgsam und bedachtsam kunstvolle kleine Altardeckchen, die von den Händen frommer Frauen angefertigt worden waren.

Ein Novize führte die Schlittengesellschaft durch das Kloster. Günter aber trat an einen der Mönche heran und bat ihn um Auskunft über Herkunft und Art einiger Holzschnitzereien.

Bruder Martin erkannt wohl in Günter einen der wenigen

Klosterbesucher, die mit tieferem Interesse und Verständnis den wunderbaren Schönheiten seines Klosters begegneten. Es machte ihm Freude, den jungen Herrn ganz allein herumzuführen und auf alle Schönheiten aufmerksam zu machen.

So betraten sie die Basilika, als die anderen sie schon verlassen hatten. Bruder Martin erklärte Günter den Hochaltar mit den schlanken Marmorsäulen, dem herrlichen Altarbild und den kunstvollen Skulpturen. Er sprach von dem Sinn des gewaltigen Deckengemäldes im Presbyterium und des noch viel imposanteren Deckengemäldes in der Basilika. Mit einem feinen Lächeln, das so still und abgeklärt schien, führte er ihn an alle die kunstvollen Seitenaltäre, die, von schönen Wandgemälden gekrönt, kostbare Reliquienschreine bargen.

Günter staunte über die reichen Klosterschätze, und seine Augen erfreuten sich schönheitsdurstig an den wunderbar stilreinen Ornamenten, die hauptsächlich an der Orgelwand und in der Umrahmung der Orgel zur Geltung kamen. Das Kuppelbild der Basilika mit seinen zahlreichen Figuren, die um die Darstellung der göttlichen Dreieinigkeit gruppiert waren, hätte er gern länger und in allen Einzelheiten studiert, wenn dazu die Zeit gereicht hätte.

Bruder Martin führte ihn noch in die Sakristei. Hier konnte Günter die kostbaren Riesenschränke mit kunstvollen Intarsien bewundern, die ebenfalls sehr schönen Deckengemälde und die herrlichen Altardecken und Stickereien. Bruder Martin erzählte ihm dabei einiges aus der Geschichte des Klosters und berichtete ihm, daß die Ettaler Mönche ihr einst halb abgebranntes Kloster selbst wiederaufgebaut und alle Arbeiten selbst verrichtet hätten.

Ein eigenartig friedliches Empfinden überkam Günter bei dieser Klosterwanderung, und als sie zu Ende war, bedankte er sich herzlich bei Bruder Martin. —

Aufatmend trat er ins Freie und ließ seinen Blick über die Berglandschaft gleiten. Die Gesellschaft kaufte inzwischen von den Mönchen kleine, in Metall geprägte Heiligenbilder, Postkarten und Alben mit den gut ausgeführten Abbildungen aller Schönheiten, die das Kloster enthielt. Auch Günter kaufte solch ein Album — er wollte es gelegentlich an Käte schicken. Sie würde sich daran freuen. — Da waren seine Gedanken schon wieder bei Käte — ihm war, als wäre sie drinnen im Kloster zwischen ihm und Bruder Martin unsichtbar einhergeschritten.

Gerade, als die Gesellschaft wieder zum Gasthof hinübergehen wollte, wurde drüben im Seitenflügel die Klösterschule geöffnet, und die Zöglinge stürmten ins Freie, um hier die Schulpause zu verbringen. Auf dem offenen, weiten Klosterhof begann nun, gegenüber der Basilika, eine regelrechte Schneeballschlacht zwischen den Jungen. Lachelnd blieb die Gesellschaft stehen und sah zu. Auch die Mönche blickten mit stillem Lächeln auf die übermütige Jugend. Sie dämmten nicht mit strengen Worten die Lebensfreude ihrer Zöglinge ein.

Günter traf unversehens ein Schneeball aus der Schülerschar. Lachend bückte er sich, von der harmlosen Fröhlichkeit angesteckt, ballte Schnee in seinen Händen und gab das Wurfgeschoß zurück. Es traf den kleinen Schneeballwerfer. Jubelnd wichen die anderen zur Seite und warfen Schneebälle auf die lachende Gesellschaft, die sich nun auch an der Schneeballschlacht beteiligte. Es herrschte ein lustiges Treiben. Die Glocke, die das Ende der Pause ankündigte, machte ihm ein Ende. Die Zöglinge eilten in ihre Schulzimmer zurück, und die Gesellschaft begab sich in heiterster Stimmung zu den Schlitten.

Günter hob Lori in den Schlitten und hüllte sie sorglich in die Pelzdecke. Dann stieg auch er ein. Seine etwas trübe Stimmung war verflogen, die Schneeballschlacht hatte ihn aufgemuntert, und frohe Lebenslust blitzte ihm aus den Augen. Und als Lori sich nun in seinen Arm hing und lustig plauderte, stimmte er ein, entzückt in ihr sanft gerötetes Gesicht blickend. Er war wieder ganz dem Zauber verfallen, den die schöne Frau auf ihn ausübte.

Eine Stunde später hatte man Schloß Linderhof erreicht.

Die Schlitten spannten im Schloßrestaurant aus, und die Gesellschaft ging zu Fuß durch den Garten über schmale, in den Schnee geschaufelte Wege nach dem Schloß hinüber. Es lag wie ein verschlafenes Märchenschlößchen in der schneebedeckten Landschaft, dieser Sommertraum eines unglücklichen Königs, der ein so leidenschaftlicher Schönheitssucher gewesen war und sich nie hatte genug tun können. — Man besichtigte die Prunkräume des Schlosses mit ihren angehäuften Kostbarkeiten, und Lori war entzückt von der Pracht, die sich vor ihren Augen auftat. Günter aber hatte das Empfinden, daß in all diesen Räumen des Guten etwas zuviel getan sei. Sie machten einen überladenen Eindruck, und er sagte sich, daß sich in diesem Schloß nicht ein einziges Plätzchen finden ließe, wo ein kranker Mensch einen behaglichen Ruhepunkt finden konnte.

Mehr bedrückt als erhoben, trat er mit den anderen ins Freie und ließ seinen Blick über die Wasserkünste und das Wasserbassin mit den in Eis und Schnee wie verschlafen ruhenden Tritonen, Nixen und Najaden hinwegschweifen bis hinauf zu dem Freundschaftstempel. Armer König, wo sollte dein gestörter kranker Geist Ruhe finden, als in der herrlichen Natur deines gesegneten Landes, dachte er.

Plaudernd und lachend schritt die Gesellschaft wieder hinüber zum Schloßrestaurant. Hier wurde das Mittagessen in vergnügter Stimmung eingenommen. Auch Günter scherzte und lachte mit den andern.

Punkt zwei Uhr, wie das Programm vorsah, fuhr man wieder ab, zum Schloßpark hinaus und auf der Straße nach Ettal zurück.

Als Günter allein mit Lori im Schlitten saß, flaute seine vergnügte Stimmung wieder ab. Zum erstenmal, seit er mit ihr vereint war, fühlte er sich an ihrer Seite gelangweilt. Es fiel ihm auf, daß sie nie eigenen Gedanken Ausdruck gab. Was sie sprach, waren abgelauschte Phrasen und Gemeinplätze. Und es wurde ihm zum ersten Male bewußt, wie wenig gemeinsame Berührungspunkte es für sie gäbe. Der

Rausch, der seine Sinne gefangengenommen hatte, begann langsam zu verfliegen. Es gab heute Augenblicke, wo er sich seltsam ernüchtert fühlte.

»Günterlein — was machst du für ein böses, ernstes Gesicht — so mag ich dich nicht leiden«, sagte Lori jetzt mit schelmischem Schmollen.

Er fuhr auf aus seinen Grübeleien und sah in ihr reizendes Gesicht.

Ich muß versuchen, ihre Seele, ihren Geist zu wecken, muß sie zu mir heranziehen. Es wird sehr reizvoll sein, ihr Gebiete zu erschließen, die ihr bisher fremd geblieben sind, dachte er.

Und er lächelte und versuchte, ein interessantes Gespräch in Gang zu bringen. Sie hörte mit einem kindlich harmlosen Lächeln zu, warf einige Phrasen ins Gespräch, und als er dringlicher wurde, nannte sie ihn neckend: Schulmeisterlein. Er wollte sich verteidigen, aber da trieb sie allerlei Unsinn und zwang ihn zum Lachen.

Sie fand ernsthafte Unterhaltungen »fad« und sagte ihm das.

So blieb es bei dem leichten, oberflächlichen Ton, der Günter erst heute zum Bewußtsein gekommen war. Es wurde ihm klar, daß sie nie anders miteinander gesprochen hatten als in diesem seichten Ton, wenn sie nicht gerade Zärtlichkeiten getauscht hatten.

Sie waren inzwischen wieder in Ettal angekommen, und nachdem die Gesellschaft hier heißen Kaffee und Tee, die Herren auch Grog und Punsch eingenommen hatten, fuhren sie bei anbrechender Dunkelheit unter Fackelbeleuchtung wieder die herrliche Ettaler Straße hinab.

Es war eine unvergleichliche Fahrt, und das mochten wohl die meisten dieser Schlitteninsassen begreifen. Das übermütige Lachen und Plaudern verstummte. Nur das Schellengeläut klang durch die kalte Luft. Am Himmel stieg langsam der Mond empor und stand als volle Kugel hinter der Zugspitze.

Günter nahm dies Bild mit stiller Andacht in sich auf. Lori war an seiner Seite sanft entschlummert.

Sie erwachte erst mit einem verlegenen Lächeln, als die Schlitten vor dem Hotel hielten. Aber nun war sie gleich wieder ganz munter und betriebsam. Am Abend sollte noch eine kleine Tanzerei stattfinden, und man ging in die Zimmer, um sich umzuziehen.

Seit der Schlittenfahrt betrachtete Günter seine junge Frau entschieden mit etwas kritischeren Blicken, und er entdeckte nun immer mehr an ihr, was ihm mißfiel.

Und eines Abends machte er die Entdeckung, daß sie sichtlich mit einem jungen Amerikaner, Mister Hamton, der am Tag vorher eingetroffen war, flirtete. Er bemerkte, daß sie Blicke mit ihm wechselte und verführerisch zu ihm hinüberlächelte.

Seine Stirnadern schwollen an. Er erhob sich mit einem Ruck und sagte ziemlich schroff zu seiner Frau:

»Bitte, tausche den Platz mit mir, Lori, dieser Mister Hamton ist ein Flegel. Er starrt dich unausgesetzt an, und man könnte meinen, dein Lächeln sei für ihn bestimmt.«

Lori erschrak ein wenig, lachte aber dann leichtfertig auf.

»Aber, Schatz — du wirst doch nicht eifersüchtig sein.«

Sie wechselte jedoch den Platz, wie er es wünschte, allerdings nicht, ohne verstohlen ein vielsagendes Lächeln nach dem Nebentisch zu schicken, wo Mister Hamton saß.

Günter setzte sich so, daß der Amerikaner Lori nicht mehr sehen konnte. Dann sagte er ernst:

»Nein, Lori, ich bin nicht eifersüchtig — wenn ich es sein müßte, so wäre das der Tod meiner Liebe. Aber du bist jetzt Frau Warneck und mußt vergessen, daß du einst Lori Leixner warst und dir solche Aufdringlichkeiten gefallen lassen mußtest.«

Sie zog sofort einen Schmollmund.

»Puh, Schatz — was machst du für ein böses Gesicht! Mister Hamton ist mir völlig gleichgültig — aber es freut einen doch, wenn man merkt, daß man noch immer begehrenswert ist. Freust du dich nicht, wenn man deine Frau bewundert?«

»Solange es in dezenter Weise geschieht, ist es mir wenigstens nicht unangenehm. Hier vermißte ich aber die nötige Zurückhaltung.«

Schmollend, aber mit schelmischer Lustigkeit, sah sie ihn an.

»Böser Schatz — kannst dir doch denken, daß einer hübschen Frau Huldigungen das sind, was der Blume die Sonne ist.«

Er warf ihr einen gequälten Blick zu.

»Ich möchte es gern vergessen, Lori, daß du früher solchen Huldigungen wehrlos ausgesetzt warst. Du sagtest mir doch, wie sehr dich das gestört hätte.«

»Nun ja — wenn man allein im Leben steht, ist das sehr unangenehm. Aber jetzt bist du zu meinem Schutz da.«

»So ist es, Lori, und deshalb habe ich dem Amerikaner durch mein Verhalten gezeigt, daß er seine Aufmerksamkeit auf einen anderen Gegenstand richten soll. Ich hoffe, er respektiert das, sonst müßte ich deutlicher werden. Übrigens — da wir gerade bei diesem leidigen Thema sind — möchte ich eine Frage an dich richten. Traust du einem deiner früheren Verehrer zu, daß er dich, wahrscheinlich aus Ärger über dein abweisendes Verhalten, hätte verleumden können?«

Sie sah ihn unsicher an.

»Was meinst du denn damit?«

Er sah sich erst im Hotelsaal, in dem sie saßen um, und stellte fest, daß sie weit genug von den anderen Tischen entfernt saßen, um von niemandem gehört zu werden.

»War meine Frage nicht deutlich? Ich möchte von dir hören, ob sich unter den Männern, die sich in deine Nähe drängten, einer befand, dem du zutrauen könntest, daß er dich verleumdete. Ich habe diese Frage länger als ich sollte hinausgeschoben, aber nun muß ich das wissen.«

Betroffen sah sie in sein unruhig zuckendes Gesicht.

»Was willst du nur, Günter?«

Er strich sich über die Stirn. »Nein — hier ist nicht der Ort dazu, darüber zu sprechen. Komm, wir wollen in unser Zimmer gehen.« Und sie erhoben sich und verließen den Saal. In ihrem Zimmer angekommen, warf sich Lori ziemlich mißmutig in einen Sessel.

»Gib mir bitte eine Zigarette.« Er zündete ihr eine Zigarette an und steckte sie ihr in den Mund. Sie lehnte sich zurück

»So, mein Schatz, nun sage mir endlich, was du auf dem Herzen hast. Du erscheinst mir seltsam tragisch heute abend. Was ist dir denn?«

Er ließ sich ihr gegenüber in einem Sessel nieder und faßte ihre Hand.

»Ich wollte es dir in den ersten Tagen unserer Ehe nicht sagen, wie sehr ich mich mit meinem Vater überworfen habe. — Man muß dich bei ihm verleumdet haben. Er war außer sich, als er hörte, daß du meine Frau geworden bist, und sprach so von dir, daß ich nur annehmen kann, daß dich einer deiner Verehrer verleumdet hat. Bitte, nenne mir die Namen dieser Männer. Ich muß ergründen, wer sich erlaubt hat, Schlimmes über dich zu reden, damit ich ihn zur Rechenschaft ziehen kann.«

Lori blickte unbehaglich in sein blasses, ernstes Gesicht. dann warf sie ärgerlich die Zigarette in eine Aschenschale und sagte verdrießlich:

»Wie du mir nur mit solchen Dingen die Laune verderben kannst, Günter! Abgewiesene Verehrer sind immer ärgerlich und schwatzen dann dummes Zeug. Man muß gar nicht darauf achten. Ich habe mich mit so viel derartigen Widrigkeiten herumärgern müssen, daß ich nun wirklich meine Ruhe haben möchte. Was hat man nicht alles über mich geschwatzt, aus Neid und Mißgunst, aus Ärger über meine Zurückhaltung. Darüber muß man sich hinwegsetzen.«

Er schüttelte den Kopf.

»Nein, Lori, darüber kann ich mich nicht hinwegsetzen. Ich darf nicht dulden, daß über meine Frau verächtlich gesprochen wird. Und hier liegt der Fall noch kritischer. Ich muß diesen Verleumder finden und ihn zum Widerruf zwingen. Bitte, nenne mir Namen.«

Sie zuckte wie gelangweilt die Schultern.

»Diese Männer sind mir so gleichgültig gewesen, daß ich mir ihre Namen kaum gemerkt habe. Ich bitte dich, Günter, über solches Geschwätz aus Rachsucht und Bosheit muß man doch erhaben sein.«

Er atmete gepreßt.

»Du weißt ja nicht, was auf dem Spiel steht. Es gilt, meinem Vater zu beweisen, daß du des Namens, den du jetzt trägst, würdig bist.«

Sie richtete sich nun doch erregt auf.

»Muß ich mich vor deinem Vater verteidigen?«

»Nein — du nicht — aber ich muß das tun. Ich habe schwerwiegende Gründe, und damit du mich verstehst, muß ich dir offen sagen, was ich dir gern verheimlicht hätte, um dich nicht zu beunruhigen. Mein Vater hat mich verstoßen, er hat geschworen, mich zu enterben, weil ich eine Frau geheiratet habe, die seiner Meinung nach des Namens Warneck nicht würdig ist. Verzeihe, daß ich das ausspreche, aber du mußt jetzt klar sehen.«

Lori war erschrocken zusammengezuckt.

»Enterben will er dich? Kann er denn das? Du bist doch sein einziger Sohn.«

»Ja, das bin ich; aber mein Vater kann mich auf den gesetzlichen Pflichtteil setzen, wenn ich ihm Veranlassung dazu gebe. Diese Veranlassung sieht er in meiner Verbindung mit dir, weil er behauptet, du seist moralisch nicht tragbar und meiner unwürdig.«

»Wahrscheinlich doch nur, weil ich eine Schauspielerin war.«

»Nein — nicht deshalb —, sondern weil — nein — ich kann es nicht aussprechen, was meinem Vater ein Verleumder über dich gesagt hat. Und ich muß diesen Verleumder zwingen, dich in den Augen meines Vaters zu rehabilitieren.

Mein Vater wollte mir den Namen dieses Mannes nicht nennen, deshalb mußt du mir helfen, ihn zu finden.«

Hinter Loris Stirn hatten sich inzwischen die Gedanken gejagt. Ihr war nicht sehr wohl bei diesem Verhör. Aber so leicht ließ sie sich nicht einschüchtern. Sie wußte, daß sie sich jetzt nur durch eine geschickt gespielte Komödie retten konnte. Und sie sprang auf und setzte sich auf Günters Schoß. Wie in heißer Angst umschlang sie seinen Hals.

»Nein — ich sage dir diese Namen nicht, selbst wenn ich sie wüßte, ich habe zuviel Angst um dich. Du würdest diesen elenden Verleumder zur Rede stellen, und er würde dir nach dem Leben trachten. Nein, Günter, lieber sterbe ich, als daß ich dich in Gefahr bringe.« Und sie schmiegte sich wie in heißer Angst an ihn.

»Sei ruhig, Lori, rege dich nicht darüber auf. Sage mir vertrauensvoll alles, was mich auf die Spur dieses Mannes bringen kann. Ich darf ihn nicht ungestraft lassen und muß vor allen Dingen meinem Vater den Beweis erbringen, daß du verleumdet wurdest.«

Sie schluchzte haltlos auf. Jetzt wurde ihr doch sehr bange, aber nicht, weil sie sich um ihren Gatten sorgte, sondern weil sie fürchtete, daß Günter in ihre Vergangenheit hineinleuchten könnte.

Krampfhaft umschlang sie wieder seinen Hals.

»Du sollst mich nicht quälen, sollst dich nicht in Gefahr begeben — ich sterbe vor Angst um dich — ich weiß nicht, was ich tun soll vor Angst um dein geliebtes Leben.«

Und sie weinte und schluchzte so fassungslos, daß Günter jetzt nichts anderes tun konnte, als sie zu beruhigen. Ihre Angst rührte ihn. Er konnte jetzt nicht weiter in sie dringen, und sie weinte und schluchzte noch, als sie sich matt und müde zur Ruhe niederlegte. Günter sprach ihr beruhigend zu, bis sie eingeschlafen war. Wenigstens gab sie sich den Anschein zu schlafen, denn sie wollte vor allen Dingen Zeit gewinnen, um sich zu überlegen, wie sie sich aus dieser Situation retten konnte.

Denn wenn sie auch schließlich Günters Vorwürfen Trotz geboten hätte, wenn sie ihm gestehen mußte, daß ihre Beziehungen zu ihren Verehrern nicht so harmlos gewesen waren, wie sie es hingestellt hatte, so war es ihr doch jetzt bedeutend wichtiger, den Zorn ihres Schwiegervaters zu beschwichtigen. War es ihr doch viel mehr darauf angekommen, die Schwiegertochter des reichen Fabrikherrn als die Frau seines Sohnes zu werden. Denn wo blieb die erträumte glänzende Lebensstellung, wo waren Reichtum und Üppigkeit, wenn Günter enterbt wurde? Sie wußte nicht, wie hoch sich das Pflichtteil für ihn belaufen würde, wußte nur so viel, daß sie ihre Ansprüche dann bedeutend herunterschrauben müsse. Irgendwie mußte sie einen Ausweg finden. Am liebsten wäre sie sofort nach Berlin zurückgekehrt und hätte Heinrich Warneck aufgesucht. Der Macht ihrer Persönlichkeit traute sie viel zu — und so alte Herren waren meistens noch empfänglicher für den Zauber einer schönen Frau als junge. Aber warum schließlich hier die amüsanten Tage abbrechen? Der Mister Hamton schien ein Dollarmillionär zu sein — man durfte keine Chance aus der Hand lassen. Also erst einmal abwarten und vorläufig an der Komödie festhalten, als zittere sie für Günters Leben. Das machte ihn weich und hinderte ihn, in sie zu dringen. Zeit gewonnen, alles gewonnen!

Und bei diesem Gedanken schlief sie wirklich ein.

Günter hatte leise das Zimmer verlassen, als er sie eingeschlafen glaubte. Es trieb ihn noch einmal hinaus in die schweigende Winternacht. Er wußte nicht, warum ein so dumpfer Druck auf seiner Brust lag, er fühlte nur, daß eine dunkle, unklare Angst in ihm erwacht war, die er nicht loswerden konnte.

Er hatte seine kurze Sportjacke übergeworfen und trat ins Freie. Der Mond stand im schimmernden Glanz über der Zugspitze, und die Konturen des Bergpanoramas zeichneten sich in haarscharfen Linien wie Silhouetten vom Winterhimmel ab, an dem in leuchtender Pracht die Sterne funkelten. Drunten im Tal lag Partenkirchen und weiter drüben, jenseits der Partnach, streckte sich Garmisch mit seiner schönen Kirche lang ins Tal hinein.

Er atmete tief ein und aus und ging langsam auf schneebedeckten Wegen dahin. Und seine Gedanken flogen sehnsüchtig nach Norden — in sein Vaterhaus.

Es war seltsam — jetzt, wo er seinem Vater fern war, fühlte er erst, wie lieb er ihn hatte. Kätes Worte gingen ihm durch den Sinn, ihre lieben, beschwichtigenden Worte, mit denen sie ihm die Ähnlichkeit seines Charakters mit dem seines Vaters zu beweisen suchte.

Trotzig hatte er sich gegen den Willen des Vaters aufgelehnt, als ihm dieser vorschreiben wollte, welche Frau er zu heiraten habe. Und heute, nach kaum vierzehntägiger Ehe, fragte er sich bereits, ob er mit der blonden Käte nicht glücklicher geworden wäre . . .

Denn — mit Lori war er nicht so glücklich geworden, wie er es sich erträumt hatte. Schon in der kurzen Zeit hatte ihn ihre Lebensart oft enttäuscht. Und — nicht eine Stunde hatte er gefunden, daß er restlos glücklich geworden wäre. Immerhin hatte es ihm wie Alptraum auf der Brust gelegen, daß irgendein Mensch in der Welt von seiner Frau hatte sagen dürfen: Um alles in der Welt, so etwas heiratet man doch nicht.

Er hatte das nicht eine Sekunde vergessen können, und es quälte ihn mehr, als er es sich eingestehen wollte, daß sein Vater der Frau, die er liebte, feindlich gegenüberstand, ja, daß er sie, was schlimmer war, verachtete. Und als er jetzt so allein in der Winternacht dahinschritt, zuckte plötzlich eine wahnsinnige Angst in seinem Herzen auf. Wie ein Fieber überfiel ihn der Gedanke: Wenn Vater recht hätte mit seiner Verachtung?

Er erschrak vor sich selbst und wehrte diesen Gedanken von sich ab, aber der jähe Schrecken saß ihm schon im Blut. Und er lief lange draußen im Freien umher, bis er sich wieder beruhigt hatte. Er lehnte sich dann an einen Baum und schloß die Augen. Und da tauchte vor seinem Innern ein friedliches Bild auf. Er sah Käte Harland im Wohnzimmer seines Vaterhauses sitzen, an dem großen, runden Tisch, wo sie immer des Abends saß. Wie warm ihm dabei um das Herz wurde!

Und plötzlich kam ihm eine Eingebung! Käte mußte ihm helfen, den Namen des Mannes zu ermitteln, der seine Frau verleumdet hatte.

Er riß sich hoch aus seiner Versunkenheit. Der Gedanke, an Käte schreiben zu können, belebte ihn. Er wollte sie auch um Nachricht bitten, wie es dem Vater ging.

Eilig ging er über den frostknarrenden Schnee nach dem Hotel zurück. Leise trat er noch einmal ins Schlafzimmer. Er sah, daß Lori im tiefen Schlummer lag. Die weißen Arme rundeten sich über dem Kopf, und die feinen Spitzen ihres Nachthemdes zitterten leise unter ihren Atemzügen. Es war ein friedlicher Anblick. Aber es fiel ihm zum erstenmal auf, daß um ihren Mund ein Zug war, der ihm recht gewöhnlich schien. Dieser Zug war ihm fremd, er hatte ihn in ihrem wachen Gesicht noch nie wahrgenommen. Und ihm war, als müsse er ihn mit der Hand fortwischen.

Leise ging er wieder hinaus und trat in das Lesezimmer. Dort befand sich jetzt außer ihm kein Mensch, und er konnte ungestört an Käte schreiben.

»Liebe Käte! Sie haben sicher schon auf ein Schreiben von mir gewartet, und ich weiß selbst nicht, warum ich nicht eher geschrieben habe. Vielleicht, weil meine Frau und ich hier in ein ziemlich lebhaftes Gesellschaftstreiben geraten sind. Obwohl man den ganzen Tag nichts zu tun hat als Sport zu treiben und sich zu unterhalten, kommt man zu nichts Vernünftigem.

Aber heute abend hat mich plötzlich die Sehnsucht gepackt, ein wenig mit Ihnen zu plaudern. So seltsam es klingt für einen jungen Ehemann, aber ich vermisse Sie überall, Käte, es ist mir erst jetzt so recht bewußt geworden, wie sehr Sie zu meinem Leben gehört haben. Ich komme eben von einem einsamen Nachtspaziergang durch die schneebedeckte Bergwelt. Meine Frau schläft längst — aber ich finde keine Ruhe. Ich muß nach Hause denken, Käte — an meinen Vater.

Wenn Sie wüßten, wie es in mir aussieht! Gar nichts von rosenroter Glückseligkeit ist in meinem Herzen, obwohl es doch voll davon sein sollte. Immer, wenn ich vergnügt und glücklich sein möchte, gehen meine Gedanken nach Hause. Wie geht es meinem Vater, Käte, ist es Ihnen gelungen, seinen Groll gegen mich ein wenig zu besänftigen? Können Sie mir glauben, daß ich nie so große Sehnsucht nach meinem Vater hatte, als jetzt, wo er mich von sich gestoßen hat?

Und nun habe ich eine besondere Bitte an Sie. Mein Vater hat mir bei unserem letzten Beisammensein ein böses Wort über meine Frau gesagt, ein Wort, das nur ein Verleumder ihm zugeflüstert haben kann. Ich muß den Namen dieses Verleumders kennenlernen, und so bitte ich Sie dringend, versuchen Sie, meinem Vater den Namen dieses Mannes zu entlocken. Es quält mich namenlos, daß ich gegen diesen Menschen nicht vorgehen kann, denn mein Vater wollte mir seinen Namen nicht verraten. Von dieser Qual bin ich schon so zermürbt, daß ich auf die fürchterlichsten Gedanken komme. Wie ist es nur möglich, daß mein Vater so verächtlich über meine Frau denkt? Darüber zermartere ich mir den Kopf, und es ist schon so weit mit mir gekommen, daß mich zuweilen böse Zweifel überfallen, ob mein Vater wirklich Veranlassung haben könnte, meiner Frau das Schlechteste zuzutrauen. Sie können mir glauben, Käte, daß dies ein furchtbarer Zustand ist und daß ich aus diesem Zustand heraus muß — um jeden Preis! Helfen Sie mir dabei, liebe Käte! Sie haben sich in der letzten Zeit wie ein guter Engel um mich gemüht, helfen Sie mir auch in dieser Angelegenheit! Ich muß mit meinem Vater ins reine kommen, und das kann ich nur, wenn ich jenen Unbekannten zwingen kann, seine Verleumdung zurückzunehmen. Nicht wahr, Sie helfen mir?

Ich sende Ihnen anbei ein Album von Kloster Ettal und Ansichten von Schloß Linderhof. Hauptsächlich Kloster Ettal mit seiner herrlichen Umgebung würde Ihr schönheitsdurstiges Auge entzücken. Wie würden Sie schwärmen und schwelgen in diesen Naturschönheiten und im Betrachten der

Kunstschätze, die hier in Klöstern, Kirchen und Schlössern aufgespeichert sind. Ich habe an den Morgen denken müssen, als ich Sie ganz allein am Meeresstrand stehen sah und Sie zu mir sagten: ›Man möchte mit Andacht die Hände falten und Gott danken, daß er die Welt so schön gemacht hat.‹ Wie würden Sie erst hier voller Andacht sein!

Aber nun will ich schließen, und ich bitte Sie nochmals herzlich, entlocken Sie meinem Vater den Namen jenes Mannes. Dann werde ich noch mehr als bisher Ihr Schuldner sein. Ich warte sehnlichst auf Antwort und begrüßte Sie in herzlicher Freundschaft.

Ihr Günter.«

Käte Harland hatte schweren Herzens einen Tag um den andern verstreichen lassen. Die Frist, die Onkel Heinrich ihr bis zum Abschicken der Papiere gegeben hatte, war bald vorüber.

Als sie sich eines Morgens erhob, sagte sie sich seufzend, daß sie am nächsten Tag die Papiere absenden müsse.

Sie hatte in all den Tagen an nichts anderes denken können als an den Briefumschlag, der die Beweise des leichtfertigen Lebenswandels von Günters Frau enthielt, und an das Testament, das Onkel Heinrich gemacht hatte.

Wenn der alte Herr doch dies unselige Testament vernichten wollte! Das mußte sie immer denken. Und bis in ihre Träume hinein schlich sich der Wunsch. Sie träumte davon, daß sie das Testament ins Feuer warf oder daß sie es in tausend Stücke riß und diese vom Wind wegwirbeln ließ.

Als sie heute morgen an den Frühstückstisch hinunterkam, lag ein Brief für sie auf ihrem Platz. Onkel Heinrich hatte ihn hingelegt, nachdem er die angekommene Post, wie jeden Morgen, selbst von dem großen, runden Tisch in der Kaminecke der Diele hereingeholt hatte. Käte erkannte sofort Günters Handschrift und öffnete den Brief mit zitternden Händen.

Mit brennenden Augen las sie die Zeilen, und als sie zu Ende war, ließ sie den Brief sinken und sah zu dem alten Herrn hinüber.

»Nun, Käte?« fragte er.

Sie reichte ihm den Brief hinüber. »Ein Brief von Günter, Onkel Heinrich. Du mußt mir die Liebe antun und ihn lesen.«

Er wehrte ab. »Nein — ich mag nicht.«

»Bitte, tue es doch. Trotz allem, was zwischen dir und Günter steht, wird er dir wohltun.«

»Der Brief ist für dich bestimmt, nicht für mich.«

»Gerade darum mußt du ihn lesen, er wird zu deinem Herzen sprechen. Bitte, lies!«

Und sie drängte ihm den Brief auf. Er las ihn endlich, und sie sah, daß es in seinem Gesicht seltsam zuckte und arbeitete.

»Darf ich ihm schreiben, daß du ihm nicht mehr zürnst?«

Er wehrte hastig ab. »Das ist nicht das nötigste. Es erscheint mir viel wichtiger, daß du endlich die Papiere abschickst, die ich dir gab«, sagte er heiser.

Sie nickte aufatmend. »Das will ich tun — heute noch — denn siehst du, Onkel Heinrich — jetzt habe ich Mut dazu. Denn Günter ist nicht glücklich an der Seite seiner Frau — nicht so, wie ich es glaubte. Jetzt muß er die Wahrheit über sie wissen.«

Der alte Herr nickte. »Es freut mich, daß du zu der Einsicht gekommen bist. Und ich habe nun wieder einige Hoffnung, daß mein Sohn sich aus diesen Netzen löst. Er verlangt, den Namen des Verleumders zu wissen — nun, er wird die Wahrheit hören. Und wie er sie trägt — das soll mir ein Prüfstein sein für seinen Charakter.«

Käte atmete tief auf.

»Daß er mich nach dem Namen des vermeintlichen Verleumders fragt, macht es mir leichter, ihm die Papiere zu schicken.«

Sie nahmen nun zusammen das Frühstück ein, und dabei

fiel es Käte auf, daß der alte Herr sehr bleich aussah und wenig Appetit hatte.

»Bist du nicht wohl, Onkel Heinrich? Du siehst gar nicht gut aus und ißt fast nichts.«

Er strich sich über die Stirn.

»Ich fühle mich auch gar nicht gut, weiß aber nicht, was mir eigentlich fehlt.«

»Willst du nicht den Arzt fragen?«

»Habe ich schon getan. Er spricht von Arterienverkalkung und hat mir allerlei verboten. Was mir helfen kann, scheint auch er nicht zu wissen. Es wird sich schon wieder geben, wenn ich erst die Depression überwunden haben werde. Man ist ja nicht der Jüngste mehr, kleine Käte — nächstens werde ich siebzig Jahre alt.«

»Das sieht dir kein Mensch an, Onkel Heinrich, du kannst gut für sechzig gelten.«

»Na — bisher habe ich auch von Beschwerden des Alters noch nicht viel gemerkt; die Warnecks sind ein guter Schlag, waren alle frisch bis ins hohe Alter und hatten einen schnellen, leichten Tod. So wünsche ich es mir auch. Aber nun guten Morgen, Käte, ich werde jetzt gleich in die Fabrik hinausfahren.«

Als Käte allein war, setzte sie sich an ihren Schreibtisch und schrieb:

»Lieber Günter! Ihr Schreiben habe ich erhalten, und Sie müssen mir verzeihen, daß ich es Ihrem Vater zu lesen gab. Als er mich vorhin verließ, sagte er mir: Günter muß die Wahrheit hören. Und wie er sie trägt — das soll mir ein Prüfstein sein für seinen Charakter.

Damit will ich Sie vorbereiten, Günter. Sie müssen noch viel Schlimmes und Quälendes erleben, ehe Sie zur Ruhe kommen. Und es ist mir sehr schmerzlich, daß ich es sein muß, die Ihnen eine Binde von den Augen nimmt. Aber Sie haben mich selbst gebeten, Ihnen zur Klarheit zu verhelfen, und ich würde Ihnen eine sehr schlechte und feigherzige Freundin sein, wenn ich jetzt den Mut nicht finden würde, beifolgende Schriftstücke an Sie abzusenden. Ihr Vater übergab sie mir am Abend des Tages Ihrer Abreise. Ich erbat von ihm eine Frist, ehe er Ihnen diesen Schlag versetzte. Denn wie ein Schlag wird Sie das treffen, was Ihnen die beiliegenden Papiere verraten. Es erschien mir grausam, Sie damit in Ihren glücklichen Hochzeitstagen zu treffen. Morgen ist jedoch die Frist abgelaufen, die Ihr Vater mir zubilligte, und ich will nun nicht einmal mehr bis morgen warten — weil Sie mir diesen Brief geschrieben haben. Ich glaube, Klarheit ist Ihnen jetzt nötiger als Schonung. Gott mag Ihnen helfen, diesen Schlag zu überstehen. Ich weiß, daß ich Ihnen weh tun muß, aber — es muß sein! Möge Ihnen der Gedanke Trost bringen, daß Ihr Vater Sie liebt, wie Sie ihn lieben, und daß Sie seine Arme offen finden werden, wenn Sie bei ihm Trost suchen. Der Schmerz, der Sie treffen muß, ist ein unverdienter — Gott möge Ihnen helfen, ihn zu überwinden. Wenn Sie irgendwie meiner Hilfe bedürfen, lassen Sie es mich wissen.

In treuer Freundschaft
Ihre Käte Harland«

Sie las den Brief nochmals durch, machte ihn postfertig, nachdem sie den Umschlag, den sie von Heinrich Warneck erhalten hatte, dazugesteckt hatte, und schickte ihn als Einschreibesendung ab.

Ihr Herz zog sich wie im Krampf zusammen, wenn sie daran dachte, wie Günter den Inhalt dieses Briefes aufnehmen würde. Voll Unrast lief sie an diesem Tag im Haus hin und her. Sie wußte kaum, was sie tat. Aber ihre ganze Seele war mit innigen Segenswünschen bei Günter.

Sie hätte allmächtig sein mögen, um ihn vor Leid bewahren zu können, und fühlte doch ihre Ohnmacht. Immer wieder rechnete sie aus, wann der Brief in Günters Händen sein konnte. Und ihr Herz wurde immer schwerer, je näher der Brief seinem Ziel kam.

Sie wußte schließlich kaum noch, was sie hoffen und fürchten sollte.

IX

Günter war Lori gegenüber nicht wieder auf das Thema zurückgekommen, das sie scheinbar so sehr erregt hatte. Er hoffte, durch Kätes Vermittlung eher zum Ziel zu kommen. Lori würde ihm in ihrer Angst um ihn die Namen doch nicht preisgeben, und selbst wenn sie es tat, wußte er noch nicht, hinter welchem dieser Namen er den Verleumder suchen mußte. Aber obwohl er überzeugt war, daß nur die Angst um ihn Lori am Sprechen hinderte, konnte er sich nicht verhehlen, daß zwischen seiner Frau und ihm eine seltsame Entfremdung entstand. Er erkannte sehr wohl, daß sie absichtlich vermied, auf dies Thema zurückzukommen. Sie zeigte sich ganz besonders freundlich und liebevoll; aber in ihren Zärtlichkeiten erkannte er die Absicht, und was ihn sonst hochbeglückt hätte, kühlte ihn seltsamerweise ab. Irgend etwas, dem er nicht Namen geben konnte, trieb ihn voll Unruhe umher.

Und auch Lori suchte die Ablenkung. Sie war sehr froh, daß Günter nicht mehr auf das Thema zurückkam. Gern hätte sie ihn gefragt, wie hoch sich ungefähr sein Pflichtteil belaufen würde, das ihm im Fall einer Enterbung zufallen würden. Sie hätte gern ausgerechnet, welche Chancen ihr im schlimmsten Fall blieben und ob es Zweck hatte, bei ihm zu bleiben. Aber sie hütete sich vorläufig noch, dies Thema wieder anzuschneiden, und rechnete noch immer damit, daß der alte Herr sich von ihr um den Finger wickeln lassen würde, wenn sie ihm nur erst persönlich gegenüberstand. Es war für alle Fälle gut, eine Reserve im Hintergrund zu haben. Es war ja immerhin möglich, daß einer ihrer früheren Verehrer geplaudert hatte und daß Günter die Wahrheit erfuhr. Wozu er dann fähig war, konnte sie nicht wissen. Und eine Frau wie Lori sorgte rechtzeitig für Reserven. Eine solche sah sie augenblicklich in dem reichen Amerikaner.

Nachdem sie so ihre Berechnungen in Ordnung gebracht hatte, überließ sie sich wieder völlig der Lebensfreude. Sie stürzte sich von neuem in den Strudel der Vergnügungen und merkte kaum, daß Günter immer stiller und bedrückter erschien und sich, so oft er konnte, von der lauten Gesellschaft absonderte. Er unternahm jetzt fast täglich lange Skitouren, auf denen ihn Lori nicht begleitete, weil sie vorgab, sie seien ihr zu anstrengend. Sie blieb lieber auf den Sportplätzen, beteiligte sich an den Schlittenfahrten und anderen kurzweiligen Veranstaltungen und sorgte dafür, daß sie dabei recht oft mit Mister Hamton in Berührung kam. Mit großer Vorsicht, aber sehr intensiv, kokettierte sie mit ihm und wußte es geschickt so einzurichten, daß sie den Flirt mit ihm abbrach, sobald Günter in die Nähe kam. Ronald Hamton ging begeistert auf diesen Flirt ein, denn er hatte sich wahnsinnig in die schöne Frau verliebt. Sie bemerkte sehr wohl, daß Mister Hamton das Geld mit vollen Händen ausgab, und so etwas wirkt wiederum auf Frauen wie Lori sehr verführerisch. Es war schon soweit, daß Lori bedauerte, verheiratet zu sein. Wenn sie sich Mister Hamton als Ehemann hätte einfangen können, das wäre viel verlockender gewesen. Günter hatte jedenfalls an Wert für sie verloren, seit sie wußte, daß er von seinem Vater enterbt werden sollte. Daß sie allein daran schuld war, kam ihr nicht in den Sinn.

So vergingen einige Tage.

Eines Morgens erhielt Günter einen dicken Einschreibebrief von Käte. Er steckte ihn vorläufig zu sich, weil er ihn erst lesen wollte, wenn er allein war.

Lori saß ihm am Frühstückstisch gegenüber und sah zum Fenster hinaus. Sie beobachtete Ronald Hamton, der die Piste hinabsauste. — Sie überlegte, wie sie zu ihm kommen könnte. Ein junges Ehepaar kam ihr zu Hilfe. Es gehörte derselben Bobmannschaft an wie Lorie und fragte sie, ob sie mit hinauskäme zum Start.

Lori sah ihren Mann fragend an.

»Was tust du, Günter? Kommst du mit zum Start?«

Er verneinte. »Ich möchte erst meine Post erledigen. Vielleicht komme ich später nach.«

»Unternimmst du heute keine Skitour?« fragte Lori vorsichtig.

»Vielleicht doch, wenn ich zeitig genug fertig werde, daß es sich noch lohnt. Andernfalls komme ich zur Bahn hinüber.«

Lori erhob sich und ging mit dem jungen Ehepaar davon. Günter sah ihnen nach. Lori trug ein weißwollenes Sportkostüm mit grünen und weißen Streifen. Um den Hals hatte sie einen ebenfalls grün und weiß gestreiften Schal geschlungen, und auf dem kurzen Haar saß keck eine weiß und grün gestreifte Mütze. Günter freute sich unwillkürlich an der schlanken, jugendfrischen Erscheinung seiner Frau, an ihren graziösen Bewegungen, und machte sich Vorwürfe, daß er sie in dem ihm selbst unerklärlichen Einsamkeitsbedürfnis in den letzten Tagen ein wenig vernachlässigt hatte. Er nahm sich vor, ihr zu folgen, sobald er Kätes Brief in Ruhe gelesen haben würde.

Das Frühstückszimmer war fast leer.

Nur ein gestern abend erst angekommenes Ehepaar in anscheinend mittleren Jahren, dem man den erst kürzlich erworbenen Reichtum ansah und das sich ziemlich auffallend benahm, saß in der entgegengesetzten Ecke und schaute reichlich interessiert zum Fenster hinaus. Man konnte den ganzen Sportplatz mit den verschneiten Bahnen an den Abhängen der Berge übersehen.

Günter nahm nun Kätes Brief aus der Brusttasche und öffnete den dicken Umschlag. Er zog Kätes Brief und den zweiten Umschlag heraus, auf dem in seines Vaters Handschrift sein Name stand. Ehe er das öffnete, las er Kätes Brief, und seine Augen wurden starrer und brennender, je weiter er kam. Ein seltsames Gefühl kroch ihm den Rücken entlang. Kätes Worte berührten ihn wie die quälende Vorbereitung auf etwas Furchtbares.

Als er den Brief zu Ende gelesen hatte, ließ er ihn sinken und tastete mit unsicheren Händen über den noch geschlossenen Umschlag. Was mochte er enthalten? »Denn wie ein

Schlag wird Sie das treffen, was Ihnen die beiliegenden Papiere verraten.« So stand es in Kätes Brief. Und er konnte sich eine ganze Weile nicht entschließen, den zweiten Briefumschlag zu öffnen.

Er blickte mit brennenden Augen hinüber zum Start. Dort stand die schlanke, weißgekleidete Gestalt seiner Frau. Er erkannte sie an den grün-weißen Streifen. Sie stand inmitten einer Gesellschaft von Herren und Damen, bereit, den Schlitten zu besteigen. Scherzen und Lachen klang durch die klare Luft herüber.

Gewaltsam riß er sich von diesem Anblick los. Warum saß er hier und starrte so angstvoll hinüber zu der Frau, die ihm die liebste auf Erden war — noch war? Was fürchtete er?

Und sich mit einem Ruck zusammenreißend, faßte er nach dem Brief und riß ihn auf.

Er zog die Papiere heraus — die beiden Rechnungen, den Brief Körners an seinen Vater, den Brief Loris an Körner und den Bericht des Detektivbüros über das Vorleben Lori Leixners. Eines dieser Papiere nach dem anderen entfaltete er und las es durch. Erst starrte er ziemlich verständnislos darauf nieder. Die beiden Rechnungen allein enthüllten ihm so Furchtbares, daß er es kaum zu fassen vermochte. Aber dann zuckte er wie unter einem Peitschenhieb zusammen und wurde aschgrau im Gesicht. Der Pelzmantel seiner Frau — und die Lederjacke — das waren Geschenke fremder Männer? Und Lori hatte ihm das Märchen erzählt, daß sie diese beiden Stücke zur Reklame für eine Firma trüge und sie dann billig erstanden habe. . .

Vor seinen Augen tanzte alles einen tollen Reigen. Er schloß die Augen und biß die Zähne zusammen, daß sie knirschten. Wie ein furchtbarer, schmerzhafter Riß ging es durch seinen Körper. Er hätte aufschreien mögen in grauenhafter Angst und brachte doch nur ein dumpfes Stöhnen über die Lippen.

Aber dann ermannte er sich und las noch einmal den Brief, den Lori an Axel Körner geschrieben hatte. Also ihre

Schmucksachen, die angeblich Erbstücke waren, stammten auch von ihren — Liebhabern. Es war wohl dieser Herr Körner gewesen, der seinem Vater gesagt hatte: Um alles in der Welt — so etwas heiratet man doch nicht. Diesen Mann hatte er einen Verleumder genannt und ihn zur Rechenschaft ziehen wollen!

Wie recht hatte dieser Mann! So etwas heiratet man wirklich nicht — wenn man nicht wie ein dummer Junge einer Dirne ins Netz läuft.

Und erstickend stieg ihm der Ekel im Hals empor. Er hatte sich einfangen lassen wie ein Trottel, hatte an die Mätzchen und koketten Manöver dieser Frau geglaubt, hatte sich vorreden lassen, daß sie nie einem anderen Manne angehört habe, und er hatte ihr seinen ehrlichen Namen gegeben.

Deshalb also wollte sie ihm die Namen ihrer Verehrer nicht nennen! Auch ihre Angst um ihn war nur Komödie gewesen. Es schüttelte ihn wie Fieber, und er sprang mit einem Ruck empor, so daß neben ihm ein Stuhl umfiel und das neureiche Ehepaar ihn entsetzt anstarrte.

Totenbleich war sein Gesicht, aber es zeigte harte, feste Linien. Diesem Gesicht sah man es an, daß es bei ihm keine Halbheiten, keine Kompromisse mehr gab. Am liebsten wäre er gleich hinübergerannt nach dem Sportplatz, hätte seine Frau aus dem Kreis der sie Umringenden gerissen und ihr seine Verachtung ins Gesicht geschrien. Aber zu einem Skandal wollte er es nicht kommen lassen, nicht hier, wo man sich neugierig an seinem Schmerz, an seiner Schmach weiden würde. Deshalb mußte er erst ruhig werden, ehe er seiner Frau wieder gegenübertrat.

Seiner Frau?

Ein dumpfer und bohrender Schmerz rang mit dem Ekel, der ihn erfüllte. Wie vertrauensvoll, wie innig hatte er diese Frau geliebt, die ihn betrog mit jedem Wort, mit jedem Blick — mit jedem Atemzug. Und um ihretwillen hatte er sich mit seinem Vater überworfen, und hatte ihn gekränkt bis ins Herz. Was mußte sein stolzer Vater gelitten haben in der

Erkenntnis, daß sein Sohn sich an eine käufliche Dirne fortgeworfen hatte.

Aufatmend trat er ins Freie. Es gab für ihn keine Wahl: zwischen Lori und ihm mußte alles zu Ende sein. Sie durfte seine Frau nicht bleiben, denn sie hatte sich mit Lug und Trug seinen Namen erschlichen. So schnell wie möglich mußte er sich von ihr trennen, und wenn es ihn Herzblut kosten sollte. Ohne Wunden würde es nicht abgehen, denn er hatte sie geliebt. Das mußte vorbei sein — würde vorbei sein. Ein Mann wie er konnte nur lieben, wo er achten konnte. Er durfte nur eine Frau an seiner Seite haben, zu der er sich bekennen durfte. Zwischen ihr und ihm konnte es nur einen scharfen Schnitt geben, eine haarscharfe, reinliche Trennung.

Planlos irrte er draußen umher, mit starren Blicken vor sich hinsehend und um Ruhe und Fassung ringend. Stundenlang lief er durch den einsamen, verschneiten Wald, zerrissen von der qualvollsten Erregung. Es zerbrach viel in ihm in diesen Stunden — der Glaube an die Frau ging ihm verloren, und eine verächtliche Bitterkeit erfüllte seine Seele. Er verachtete sich selbst, daß er ein so blinder Tor gewesen war, der so hoch von den Frauen gedacht hatte, daß er eine so verächtliche Komödie, wie Lori sie ihm vorgespielt, nicht durchschaut hatte.

Das sollte ihm eine Lehre sein für alle Zeit. Keiner Frau würde er wieder glauben können — keiner. Sie waren alle berechnende Geschöpfe. Hatten Loris kindlich unschuldige Augen gelogen — wem sollte er da noch trauen können?

Es waren furchtbare Stunden, die er durchlebte. Bitterkeit und Ekel schüttelten ihn und rangen mit den Resten einer Liebe, die er für eine ewige gehalten hatte.

Und er fragte sich, was nun zu geschehen habe, wie er sich von Lori lösen konnte. Daß es geschehen müsse, und zwar ohne Säumen, stand fest bei ihm. Und er zweifelte keinen Augenblick, daß er berechtigt war, diese Fessel abzustreifen, die man ihm nur mit Lug und Trug hatte überwerfen können.

Dabei brannte eine tiefe Scham in ihm — die Scham vor

seinem Vater. Wie sollte er ihm wieder vor die Augen treten?

Auch an Käte dachte er. Mitten in der Einsamkeit des verschneiten Waldes blieb er stehen und las ihren Brief noch einmal durch. Ihre Worte wollten sich wie ein Trost in seine Seele drängen, aber die Verbitterung war so stark in ihm, daß sich auch über Kätes klares Bild ein häßlicher grauer Schatten legte. Auch gegen Käte kroch ein häßliches Mißtrauen an ihn heran. Konnte er wissen, ob nicht auch sie unwahr und verlogen war, ob nicht auch sie in berechnender Absicht in sein Leben eingriff? Vielleicht trachtete sie danach, die Stelle einzunehmen, von der Lori vertrieben wurde? Vielleicht wollte sie das auf schlauere Weise erreichen als sein Vater? Sie nahm ihm die Binde von den Augen, damit er Lori in häßlichem Licht sah, und hoffte wohl, daß ihn die Dankbarkeit und die Zerrissenheit seiner Seele in ihre Arme führen würde. Aber da sollte sie sich irren! Sie liebte ihn ebensowenig, wie Lori ihn geliebt hatte; auch ihr lag nur daran, die Schwiegertochter des reichen Heinrich Warneck zu werden.

Mit hastiger Gebärde steckte er Kätes Brief wieder zu sich und stürmte weiter durch den schweigenden Winterwald.

Erst nach langer Wanderung wandte er seine Schritte wieder rückwärts und kehrte langsam ins Hotel zurück. Er wollte anwesend sein, wenn die Wintersportler heimkehrten, um sich für die Mittagstafel umzukleiden. Dann würde er auch Lori in ihrem Zimmer finden und wollte mit ihr abrechnen.

Je näher er dem Hotel kam, desto finsterer und entschlossener wurde sein Gesicht. Jetzt vernahm er schon einzelne von dem Sportplatz herüberdringende Laute. Leise verhallende Menschenstimmen, ein Lachen, ein Aufschrei und dann der schrille Ton einer Pfeife — das alles drang an Günters Ohr, als käme es aus einer anderen Welt. Er konnte noch nichts sehen von den Sportplätzen. Der Wald war zu dicht. — So kam er, lautlos auf den schneebedeckten Wegen, an eine Wegkreuzung. Hier mußte er abbiegen, um das Hotel zu erreichen. Aber wie erstarrt blieb er plötzlich stehen. Nur wenige Schritte von sich entfernt sah er seine Frau und Mister Hamton stehen. Er sah, daß der Amerikaner seinen Arm sehr vertraulich um Loris Schulter legte und sie dicht an sich heranzog. Sie lachte schelmisch zu ihm auf und sah ihm tief und verführerisch in die Augen.

Mister Hamton neigte sich zu ihr, und gerade wollte er mit seinen Lippen verlangend Loris Mund berühren, der ihm bereitwillig entgegenkam, als ein hartes, schneidendes Lachen an ihre Ohren klang.

Günter stand mit einem Sprung dicht neben dem in sich versunkenen Paar und riß Ronald Hamton mit einem kraftvollen Ruck zurück, ehe er Lori küssen konnte.

»Warten Sie noch eine kurze Zeit, Mister Hamton, dann können Sie das ersehnte Vergnügen haben, ohne daß ich Sie dafür zu Boden schlagen müßte«, stieß Günter mit schneidendem Hohn hervor, schüttelte den Amerikaner wie einen Hund hin und her und stieß ihn dann zur Seite, daß er gegen einen Baum taumelte.

Lori maß er nur mit einem kalten, verächtlichen Blick und sagte schroff:

»Ich habe mit dir zu reden — komm!«

Lori war so erschrocken über das plötzliche Auftauchen ihres Mannes, daß sie eine Weile sprachlos blieb. Willenlos ging sie an seiner Seite dahin und sah unsicher in sein hartes, unbewegtes Gesicht. Aber sie faßte sich schnell und sagte mit einem tiefen Aufatmen:

»Gottlob, daß du mir zu Hilfe kamst, Günter, der Amerikaner wollte frech werden.«

Damit wollte sie sich in seinen Arm einhängen. Er streifte mit kalter Ruhe ihren Arm von dem seinen ab.

»Gib dir keine Mühe, ein neues Märchen zu ersinnen. Meine Augen sind noch sehr gut — und jetzt wieder klar geworden. Ich sah sehr genau, daß du dich mit inniger Zuneigung von Mister Hamton küssen lassen wolltest. Ich hätte dich auch nicht in diesem Vergnügen gestört, wenn du nicht den Namen Warneck trügst, den du nun aber bald ablegen wirst.«

»Was soll das heißen, Günter?« fragte sie halb trotzig, halb ängstlich.

»Das wirst du gleich erfahren, gedulde dich, bis wir auf unserem Zimmer sind.«

Stumm schritten sie nun dem Hotel zu. Loris Gedanken irrten hastig hin und her. Was war geschehen? Weshalb sprach Günter in diesem Ton mit ihr? Nur, weil er gesehen hatte, daß Mister Hamton sie küssen wollte? Das war doch nur ein harmloser Flirt, deswegen brauchte er doch kein solches Aufheben zu machen.

Sie sah verstohlen nach Ronald Hamton zurück. Er stand noch etwas benommen an den Baum gelehnt, machte ihr nun aber ein Zeichen. Er hob die eine Hand, vier Finger spreizend, und deutete mit der anderen Hand auf die Stelle, wo er stand. Lori verstand sogleich — sie sollte um vier Uhr wieder an derselben Stelle sein. Und sie nickte ihm verstohlen zu zum Zeichen des Einverständnisses. Trotz der eben erlebten peinlichen Szene schien sie nicht gewillt, den Flirt mit Ronald Hamton abzubrechen.

Sie überlegte nun, was sie tun sollte, um Günters Groll zu besänftigen. Die Kußangelegenheit wollte sie auf einen Scherz hinausspielen. Wenn sie nur erst wüßte, weshalb Günter so eiskalt zu ihr war — wirklich nur wegen der kleinen Szene mit Ronald Hamton?

Schließlich zuckte sie mit den Schultern. Wozu sich aufregen? Sie würde ihn doch wieder um den Finger wickeln!

Aber Lori sollte sich täuschen.

Kaum hatte Günter mit ihr das Zimmer betreten, als er mit strengen Zügen vor sie hintrat und sie mit kalten Blicken ansah.

»Du hast mich durch lügnerische Angaben dazu gebracht, daß ich dich zu meiner Frau machte. Ganz abgesehen von der eben erlebten Szene, in der Mister Hamton den Helden spielte und die nur den Schlußpunkt unter meine Entschlüsse setzte, habe ich heute morgen den Entschluß gefaßt, mich von dir scheiden zu lassen.«

Lori erbleichte nun doch, faßte sich aber schnell. »Was fällt dir ein? Was führst du für Reden? Was soll ich für lügnerische Angaben gemacht haben?«

Er sah plötzlich, wie gewöhnlich Loris Züge wirkten, als nun nicht mehr der lieblich-kokette Ausdruck darauf ruhte, den sie sonst immer zeigte.

»Ich weiß natürlich nicht, wie oft du mich belogen hast. Für mich kommen jetzt nur einige prägnante Fälle in Betracht. Du sagtest mir, daß du all deine Schmucksachen geerbt, daß du dir den Pelzmantel und die Lederjacke selbst gekauft hast, nachdem du beides zur Reklame getragen. Ich weiß jetzt, daß dies alles erlogen ist.«

Sie warf trotzig den Kopf zurück.

»Wie kommst du darauf? Wie willst du das beweisen?«

Er sah sie verächtlich an und wunderte sich, daß die Liebe zu dieser Frau so schnell in seinem Herzen sterben konnte. Sie stand ihm gegenüber wie eine Fremde, Gleichgültige, und er empfand nichts als Verachtung für sie. Seine Liebe war mit seiner Achtung gestorben.

»Ich habe die Beweise, daß du den Pelzmantel von Herrn Körner, die Lederjacke von Doktor Arndt erhalten hast zum Geschenk oder vielmehr als Gegenleistung für deine Zuneigung. Du warst zu gleicher Zeit die Geliebte dieser beiden Herren — zu einer Zeit, da du mir eine reine, uneigennützige Liebe vorgegaukelt hast. Ich weiß auch, daß du dir deine sogenannte Liebe mit Brillanten bezahlen ließest.«

Sie zeigte ein sehr verstocktes Gesicht, obwohl sie bleich geworden war.

»Du hast mir nachspioniert«, zischte sie.

Er machte eine Bewegung, als schiebe er sie weit von sich. — »Verschone mich mit weiteren Ausflüchten. Es kommt nicht darauf an, wie ich die Beweise deiner Schuld — und zugleich die Wahrheit über dein Vorleben, das du mir ebenfalls in lügnerischer Weise entstellt hast, erhielt. Genug — ich besitze diese Beweise und werde sie meinem Rechtsanwalt vorlegen. Nie wäre es mir eingefallen, dich zu meiner Frau zu machen, wenn ich die Wahrheit über dich gewußt hätte. Dazu wäre mir mein ehrlicher Name zu schade gewesen. Das wußtest du. Du hast dich unter falschen Angaben in eine Ehe mit mir geschlichen. Auch ohne diese Beweise hätte es heute zwischen uns einen unheilbaren Riß gegeben. Eine Frau, die sich willig in die Arme eines anderen Mannes schmiegt und sich von ihm küssen läßt, kann ich nicht an meiner Seite dulden.«

»Es ist gar nicht zu einem Kuß gekommen«, trotzte sie.

»Weil ich es verhinderte, ganz recht! Wir wollen nicht länger als nötig miteinander reden — ich will dir nur noch mitteilen, daß ich noch heute abreise und sofort über meinen Rechtsanwalt die Scheidungsklage einreiche. Ich überlasse es dir, ob du hierbleiben oder ebenfalls abreisen willst.«

Unsicher sah sie ihn an. Dann legte sie die Hände kindlich flehend zusammen und sah ihn bittend an.

»Günter, kannst du mir nicht verzeihen? Du weißt doch, daß ich allein und schutzlos in der Welt stand. Die Männer haben mir keine Ruhe gelassen — was sollte ich tun in meiner Lage? Da du nun einmal dahintergekommen bist, will ich nicht leugnen, daß ich Geschenke annahm. Ich war doch so arm. Und ich wagte es nicht, dir die Wahrheit zu gestehen.«

Er wehrte hastig ab.

»Bitte keine Erörterungen — wir sind einander so fremd geworden, daß einer des anderen Sprache nicht mehr versteht. Mit einem Betrug hast du dich in eine Ehe mit mir geschlichen, und deshalb mußt du es dir jetzt gefallen lassen, daß ich dich aus meinem Leben streiche.«

»Wenn ich mir das aber nicht gefallen lasse?« trumpfte sie auf.

Seine Lippen zuckten verächtlich. »Es hat keinen Zweck, mich umstimmen zu wollen. Ich bin vollständig fertig mit dir.«

Sie warf sich wütend in einen Sessel. »Und wovon soll ich leben? Du hast mich aus meinem Engagement gerissen.«

Er vermochte sie nicht mehr anzusehen, ihr Gesicht wirkte so abstoßend, daß es ihm ein unerträglicher Anblick war.

»Dein Engagement war zu Ende, noch vor unserer Hochzeit, aber ich werde dir selbstverständlich einen Geldbetrag anweisen. Du kannst dir monatlich so viel abheben, wie ich bestimme, bis die Beziehungen zwischen uns geklärt sind. Alles weitere wird der Rechtsanwalt zwischen uns erledigen. Du wirst Nachricht von ihm bekommen und hast dich nur an ihn zu wenden. Zwischen dir und mir hört jede Gemeinschaft auf. Ich packe jetzt meine Sachen und reise ab. Wenn du bleiben willst — Zimmer und Pension sind im voraus bezahlt. Der Gesellschaft magst du erzählen, was dir nötig erscheint. Ich ersuche dich nur, nicht zu vergessen, was du dem Namen Warneck schuldig bist — sonst müßte ich meine Hand vollständig von dir abziehen. Ich mache dir zur Bedingung, den Namen Warneck abzulegen. Nur unter dieser Bedingung werde ich dir einen entsprechenden Unterhalt gewähren.«

Während dieser Worte hatte Lori darüber nachgedacht, welche Vorteile sie aus dieser neuen Situation ziehen könne. Sie war nicht gewillt, sich eine Chance entgegehen zu lassen, und schlau zog sie in Berechnung, daß sie Mister Hamton die Schuld an dem Zerwürfnis mit ihrem Mann zuschieben konnte. Er hatte sie kompromittiert, also mußte er sie durch eine Heirat rehabilitieren, sobald sie geschieden war. Diese Lesart mußte sie Mister Hamton beibringen. Im Grunde war es also ein Glücksfall, daß Günter sie in Mister Hamtons Armen überrascht hatte. Diese Betrachtung gab ihr völlig ihre Ruhe zurück.

»Gut — ich werde den Bescheid deines Rechtsanwaltes hier erwarten. Wenn du mich genügend mit Geld versiehst, gehe ich auf die Scheidung ein.«

Er zuckte verächtlich mit den Schultern.

»Du wirst auf jeden Fall darauf eingehen müssen! Im übrigen werde dich mit dem nötigen Geld versehen. Und jetzt verlasse ich dies Zimmer — bis du dich für die Mittagstafel umgezogen hast. Ich werde nicht daran teilnehmen. Sobald du dies Zimmer verläßt, öffne ein Fenster, damit ich weiß, daß du in den Speisesaal gegangen bist. Ich werde dann in deiner Abwesenheit meine Sachen packen, und du richtest es bitte so ein, daß uns vor den Leuten ein Abschied erspart wird, wenn ich abreise. Ich werde angeben, daß ich plötzlich in Geschäften abgerufen wurde.«

Sie erhob sich.

»Es ist gut, ich werde tun, was du verlangst.«

Er verneigte sich formell und wollte das Zimmer verlassen. Da vertrat sie ihm den Weg. — »Willst du mir nicht zum Abschied die Hand reichen, Günter — wir können doch als Freunde scheiden«, sagte sie mit einem Blick, der ihn bezaubern sollte.

Er maß sie mit großen Augen, in denen ein harter, kalter Ausdruck lag.

»Du bist mir fremd — wir werden uns nicht mehr kennen.«

Damit schritt er an ihr vorüber und ging hinaus.

Lori sah eine Weile hinter ihm her. Sie sah jetzt durchaus nicht schön aus, ein häßlicher Zug entstellte ihr Gesicht. Und dann zuckte sie die Achseln.

»Pah! Ich werde doch keinem Mann nachtrauern — zehn bekomme ich für einen«, sagte sie vor sich hin.

Und dann zog sie sich besonders nett an. Als sie fertig war, öffnete sie ein Fenster und ging in den Speisesaal hinunter.

Hier berichtete sie einigen Herren und Damen, daß ihr Mann leider telegrafisch in Geschäften nach Hause gerufen wurde. Er müsse sofort abreisen. Sie wisse noch nicht, ob er noch einmal zurückkehre, aber jedenfalls bleibe sie noch hier.

Man neckte sie ein wenig, daß sie nun die Flitterwochen allein weiter verleben müsse, und sie seufzte tief auf.

Ungeduldig erwartete sie nun das Erscheinen Mister Hamtons — aber sein Platz im Speisesaal blieb leer. Lori ging nach Tisch in den Lesesaal, um, wie sie sagte, dringende Briefschulden zu erledigen. Sie wollte aber nur Günter aus dem Wege gehen und ein paar Zeilen an Mister Hamton schreiben. Dieser Brief lautete:

»Lieber Ronald Hamton!

Mein Mann hat mir eben eine furchtbare Szene gemacht und wird sich von mir scheiden lassen, weil er mich in Ihren Armen gesehen hat. Er reist sofort ab. Ich halte ihn nicht — denn mein Herz gehörte ihm nie. Ich weiß erst jetzt, was Liebe ist, seit ich Sie kenne, sonst wäre ich dieser Versuchung nicht erlegen. Ich habe in den letzten Tagen schwere Kämpfe zwischen Liebe und Pflicht durchkämpfen müssen, aber nun will ich meinem Herzen folgen. Ich lege nunmehr mein Geschick vertrauensvoll in Ihre lieben Hände. Um vier Uhr bin ich an der Stelle, wo mein Mann uns überraschte und mich aus einem seligen Traum in die rauhe Wirklichkeit zurückriß. Dort erwarte ich Sie.

Jetzt und für alle Zeit

Ihre Lori.«

Diesen Brief schickte sie durch das Zimmermädchen auf Mister Hamtons Zimmer. Der Amerikaner überlegte gerade, ob es nicht ratsam sei, abzureisen und etwaigen Auseinandersetzungen mit Herrn Warneck aus dem Wege zu gehen. Er hatte unklare Vorstellungen von einem Duell, nach dem er durchaus kein Verlangen hatte. Als er den Brief durchgelesen hatte, kratzte er sich mit einem unsicheren Lächeln hinter dem Ohr.

»Empfehle mich Ihnen, adieu, glückliche Reise, Mister Warneck. Ich werde trösten sehr gern Ihr schönes Frau«, sagte er mit einem gewissen Galgenhumor vor sich hin.

Jedenfalls war ihm ein Stein vom Herzen gefallen, daß Günter abreiste und seine schöne Frau allein zurückließ.

Ronald Hamton blieb vorsichtigerweise auf seinem Zimmer, bis er Günter mit seinen Koffern abfahren sah. Erst dann verließ er das Hotel. Es war inzwischen fast vier Uhr geworden, und er begab sich zum Rendezvous mit Lori, die ihm eine äußerst wirksame Szene vorspielte und sich dann willig von ihm trösten ließ.

Mister Ronald war sehr beglückt, kam sich ungemein verführerisch vor und ließ sich von der schönen Frau ebenso willig Sand in die Augen streuen wie vorher andere Männer auch.

X

Käte Harland wartete in fieberhafter Unruhe auf eine Nachricht von Günter. Sie befand sich in einem Zustand krankhafter Aufregung und wußte nicht, was sie hoffen und fürchten sollte. Sie hatte Heinrich Warneck gesagt, daß die bewußten Schriftstücke an Günter abgegangen seien, und naturgemäß befand sich der alte Herr ebenfalls in unruhiger, erwartungsvoller Stimmung.

»Wenn er trotz dieser Beweise die Ehe mit dieser Person fortsetzt — dann ist er wirklich mein Sohn nicht mehr«, sagte er zu Käte.

Und sie merkte sehr wohl, wie die Unruhe an ihm zehrte. Er sah auffallend schlecht aus in diesen Tagen und gab auch zu, daß er sich nicht wohl fühle.

So war nach dem Abgang von Kätes Brief mehr als eine Woche vergangen, ohne daß eine Nachricht von Günter eingetroffen wäre. Die Unruhe der beiden hatte den Höhepunkt erreicht, als endlich ein Brief Günters an seinen Vater eintraf.

Der alte Herr verfärbte sich, als er ihn in den Händen hielt. Er sah Käte an, die ihm mit blassem, gespanntem Gesicht gegenüber saß.

»Ich bin wahrhaftig schwach wie ein schreckhaftes Weib, und wage dies Schreiben nicht zu öffnen. Diese Tage der Unruhe und des Wartens haben mich ganz zermürbt«, sagte er heiser.

Käte faltete die Hände über der Brust.

»Es kann nur eine gute Nachricht sein, Onkel Heinrich. Sei getrost, und öffne das Schreiben.«

Er lächelte schwach. »Und dabei leuchtet dir selbst die Verzagtheit aus den Augen, mein armes Kind«, sagte er leise.

Aber dann richtet er sich entschlossen auf und entfaltete den Brief.

Und nun las er.

»Mein lieber Vater!

Gedemütigt und erniedrigt stehe ich vor Dir. Du hast recht gehabt, als Du mir Deine Einwiligung zu dieser Ehe nicht geben wolltest, und ich bin hart bestraft worden für meinen Eigensinn. Nachdem ich die Beweise von der Schlechtigkeit dieser Frau erhielt, habe ich mich sofort von ihr getrennt und befinde mich augenblicklich in München. Hier lebe ich seit einigen Tagen in einem sehr qualvollen Zustand. Ich möchte heimkehren zu Dir, denn nie habe ich mich so nach dir gesehnt wie jetzt, aber — ich schäme mich so namenlos vor Dir und fühle mich nicht imstande, vor Dein Gesicht zu treten. Laß mir einige Zeit der Ruhe, damit ich das verwinde, was ich mir selbst zugefügt habe. Zufällig habe ich die Schweizer Geschäftsunterlagen bei mir; dahin will ich reisen und versuchen, für die Firma Warneck gute Abschlüsse zu machen. Denn nur in angestrengter Arbeit werde ich mein Gleichgewicht wiederfinden können.

Zu Deiner Orientierung will ich Dir noch mitteilen, daß ich die Scheidungsklage eingereicht habe und daß der Rechtsanwalt mir Hoffnung gibt auf eine schnelle Erledigung, da der Fall klar liegt. Ich habe die Bedingung gestellt, daß diese Frau meinen Namen ablegt — das ist die einzige Genugtuung, die ich Dir geben kann. Gottlob ist die Nachricht von meiner Verheiratung nicht in die Öffentlichkeit gedrungen, und soweit ich es verhindern kann, soll es auch nicht mehr weiter geschehen.

Und nun, mein lieber Vater, bitte ich Dich um Verzeihung, daß ich Dir diesen Schmerz zugefügt habe. Ich weiß erst jetzt, wie weh ich Dir getan haben muß. Bitte schreibe mir wenigstens einige Worte, daß du mir verzeihen willst und daß Du verstehen kannst, daß ich jetzt nicht heimkehren kann. Gib mir Zeit, mich wiederzufinden und mit all dem Häßlichen, Niederdrückenden fertig zu werden, was ich erlebte. Meine einzige Entschuldigung ist, daß ich zu hoch von den Frauen gedacht habe. Von diesem Fehler bin ich jedenfalls gründlich geheilt — ich ersticke fast vor Ekel.

Lebe wohl für heute, lieber Vater, und bitte, schreibe mir umgehend, ich erwarte Deinen Brief hier in München, ehe ich nach der Schweiz gehe. Und ich danke Dir, daß Du mir durch Käte die Schriftstücke sandtest, die mir die Augen geöffnet haben.

Mit herzlichem Gruß in tiefster Verehrung

Dein Sohn Günter.«

Der alte Herr atmete tief auf. In seinem Gesicht kam und ging die Farbe in beängstigender Weise.

Käte faßte erschrocken seinen Arm.

»Onkel Heinrich, was ist dir? Hast du schlimme Nachricht von Günter?« fragte sie, kaum fähig, ihre Angst zu beherrschen.

Er schüttelte den Kopf.

»Nein, nein, beruhige dich — die beste, die ich noch bekommen konnte. Aber es greift mir ans Herz, was mein Sohn mir schreibt. Hier — lies es selbst, tapfere Käte.«

Er reichte ihr den Brief. Käte las ihn mit brennenden Augen, aber ihr Atem wurde freier und leichter, schon nach den ersten Worten. Nur zum Schluß des Briefes trübte sich ihr Blick, als sie die Worte las: »Meine einzige Entschuldigung ist, daß ich zu hoch von den Frauen gedacht habe. Von diesem Fehler bin ich jedenfalls gründlich geheilt — ich ersticke fast vor Ekel.«

Das Herz tat ihr weh, als sie das las. Sollte es Lori Leixner gelungen sein, aus dem Idealisten einen Frauenverächter zu machen?

Und noch etwas berührte sie schmerzlich — kein Wort für sie hatte er hinzugefügt — keinen Gruß. Er dankte dem Vater, daß er ihm durch sie Schriftstücke senden ließ — das war alles, was er von ihr erwähnte. Er ging wieder gleichgültig über sie hinweg wie über ein unwichtiges, nebensächliches Ding — genauso wie früher, als er sie noch nicht seine Freundin genannt hatte.

War auch sie mit inbegriffen in der Verachtung, die er jetzt den Frauen zollte? Aber — warum sollte er gerade mit ihr eine Ausnahme machen?

Sie seufzte zitternd auf. Was galt sie ihm? Sie hatte ihm ja nie etwas gegolten. Nur in der letzten Zeit vor seiner Abreise und in seinem Brief hatte er einen anderen Ton für sie gefunden, einen Ton, der sie beglückt hatte. Trotz allem — damit war es wohl nun zu Ende — er verachtete die Frauen — weil ihn eine belogen und betrogen hatte, und er hatte keine Veranlassung, in ihr eine Ausnahme zu sehen.

Scham stieg in ihr auf, als sie jetzt an Onkel Heinrichs Testament dachte. Wenn Günter in seiner jetzigen Gemütsverfassung das Testament lesen würde, was würde er dann von ihr denken? Mußte er nicht glauben, daß sie seinen Vater zu ihren Gunsten beeinflußt habe?

Sie krampfte die Hände zusammen. Nie durfte er das Testament sehen! Sobald sich eine Gelegenheit ergab, mußte sie Onkel Heinrich zu bestimmen suchen, das unselige Testament zu vernichten. Jetzt, da Günter sich von seiner Frau gelöst hatte, mußte sich der Vormund doch von seinem Schwur entbunden fühlen.

Der alte Herr hatte Käte eine Weile beobachtet.

»Nun, Käte — was sagst du zu dem Brief?«

Käte zwang sich zu einem Lächeln. »Gottlob, daß er die Kraft gefunden hat, sich frei zu machen.«

Er nickte.

»Ja — gottlob! Und nun will ich ihm schnell einige Zeilen schreiben und ihm meine Verzeihung schicken. Er wird schmerzlich darauf warten. Der Brief muß schnell zur Post, damit er den Münchner Zug noch erreicht. Dann hat er ihn spätestens morgen früh.«

Und Heinrich Warneck ging in sein Arbeitszimmer und schrieb an seinen Sohn:

»Mein lieber Günter!

Gottlob, daß Du Dich frei gemacht hast von deinen Fesseln. Nun wird alles wieder gut, oder vielmehr, nun soll alles noch besser zwischen uns werden. Heute nur so viel, daß ich Dir von ganzem Herzen verzeihe und daß ich Dich verstehen kann, wenn Du jetzt noch nicht heimkommen willst. Deinen Vorsatz, nach der Schweiz zu gehen, billige ich vollkommen. Es ist ganz gut, wenn Du dort unsere geschäftlichen Beziehungen ein wenig stärken willst. Gib mir Deine jeweiligen Adressen an, dann schreibe ich Dir mehr. Bis dahin Gott befohlen, mein Sohn. Kopf hoch — man kommt über vieles hinweg im Leben. Meines Herzens Segen ist wieder bei Dir!

Dein treuer Vater.«

Als Heinrich Warneck diesen Brief beendet hatte, schloß er das Schreiben seines Sohnes in den Safe.

Dicht neben das Testament legte er es hin. Und dabei flog ein Lächeln über seine Züge. Heute abend, wenn er Zeit hatte, wollte er dies Testament vernichten. Käte hatte recht; es war besser, wenn er es anders abfaßte. Jetzt bestand ja keine Gefahr mehr, daß Günter jene Person in sein Haus brachte.

Schnell schloß er jetzt den Safe wieder ab, steckte die Schlüssel zu sich und ging hinaus. Er beauftragte einen Diener, den Brief sogleich zum Münchner Zug nach dem Bahnhof zu tragen. Dann verabschiedete er sich von Käte. Sie begleitete ihn bis zum Portal, wo das Auto auf ihn wartete. Dabei fiel ihr wieder auf, wie schlecht der alte Herr aussah.

»Du solltest einmal ausspannen, Onkel Heinrich, du siehst entschieden krank aus.«

Er schüttelte lächelnd den Kopf.

»Das kommt nur von der Aufregung. Aber es war eine freudige Aufregung, und die wird mir nicht schaden. Ein wenig unbehaglich ist mir schon seit einiger Zeit — man wird eben alt. Und ich glaube, wir bekommen anderes Wetter, der Frost läßt nach. Da ist mir immer ein wenig flau. Sieh mich nicht so ängstlich an. Sorgst du dich so sehr um deinen bösen, alten Onkel Heinrich?«

Sie streichelte seine Hand. »Du bist mir immer ein lieber, guter Onkel Heinrich gewesen.«

Er nickte. »Nun ja, dir gegenüber kann auch nur der härteste Mensch böse sein. Und du mein liebes, gutes Kind, mein kleiner Sorgenbrecher. Das lohne dir der Himmel! Und heute abend — da verbrennen wir das böse Testament, das dich so sehr gequält hat, und denken uns ein anderes aus. Nicht wahr, da bekommst du gleich hellere Augen.«

Sie drückte ihm die Hand. — »Gott sei Dank — ach, Gott sei Dank«, stieß sie erleichtert hervor.

Er lachte leise.

»Nun seh einer die kleine Närrin an, die sich freut, weil ihr ein reiches Erbe verlorengehen soll.«

Sie streichelte nochmals seine Hand.

»Du weißt schon, warum es mich freut«, sagte sie mit halberstickter Stimme.

Er strich ihr über das flimmernde Haar.

»Kleine Käte, jetzt glaube ich daran, daß du doch mein Töchterchen wirst. Günter wird wohl nun wieder klare Augen haben. Gott mag geben, daß er den Weg allein zu dir findet. Und nun behüt dich Gott — auf Wiedersehen heute mittag!«

»Auf Wiedersehen, lieber Onkel Heinrich.«

Der alte Herr nickt ihr noch einmal zu und bestieg das Auto, das ihn zur Fabrik bringen sollte. Der Chauffeur schloß den Wagenschlag und warf noch einen Blick auf seinen Herrn. Es fiel ihm heute nicht zum ersten Male auf, daß dieser nicht wohl aussah.

Käte sah dem Wagen nach und drückte die Hände aufs Herz. Sie war sehr glücklich, daß Onkel Heinrich heute abend das Testament vernichten wollte. Der Himmel hatte ihre Gebete doch erhört. Das Herz war ihr viel freier geworden. Nun wünschte sie sehnlich, daß Günter über all das Häßliche und Schwere hinwegkommen möge, ohne Schaden zu leiden an seiner Seele.

Sie ging ihren häuslichen Geschäften nach und suchte der

bangen Stimmung Herr zu werden; aber es gelang ihr nicht. Und nach einiger Zeit stand sie, wie in trübe Gedanken versunken, am Fenster und starrte hinaus in den verschneiten Garten. Onkel Heinrich hatte recht — mit dem Frost war es vorläufig zu Ende. Es war Tauwetter in Aussicht.

Jetzt sah sie das Auto zurückkommen, das den Vormund in die Fabrik gebracht hatte. Aber dann stutzte sie. Weshalb fuhr das Auto nicht in die Garage, sondern wieder am Portal vor? Wahrscheinlich hatte Onkel Heinrich dem Chauffeur eine Bestellung an sie aufgetragen, die er gleich ausrichten wollte.

Sie ging schnell hinaus, aber als sie die Diele betrat, sah sie zu ihrem Erstaunen den Hausarzt auf sich zukommen, der dem Auto entstiegen war.

»Herr Doktor — was führt Sie zu uns?«

Er faßte ihre Hand.

»Leider bringe ich Ihnen keine gute Botschaft, Fräulein Harland. Bitte, lassen Sie schnell das Bett für Herrn Warneck richten — wir tragen ihn gleich in sein Schlafzimmer. Er hat einen kleinen Unfall gehabt.«

Sie sah ihn erbleichend an.

»Um Gottes willen! Was ist geschehen, Herr Doktor?«

»Ihr Vormund ist auf dem Wege zur Fabrik von einem Unwohlsein befallen worden. Als der Wagen an einer Straßenkreuzung halten mußte, sah sich der Chauffeur zufällig nach seinem Herrn um und bemerkte zu seinem Schrecken, daß der alte Herr wie ohnmächtig im Wagen lag. Kurz entschlossen fuhr der Chauffeur nun bei mir vorüber, um mich gleich mitzunehmen. Aber bitte — nun schnell — richten Sie das Bett.«

Käte zitterten die Knie, aber sie nahm sich zusammen und eilte davon, um alles vorzubereiten. Sie brachte selbst das Lager ihres Vormundes in Ordnung, und kaum war das geschehen, als man schon die starre, leblose Gestalt des alten Herrn herbeitrug.

Der Arzt schritt neben ihm und machte sich sofort, nachdem man ihn gebettet hatte, an die Arbeit. Den Pelz hatte man ihm schon abgestreift — nun zog ihm der Arzt mit Kätes Hilfe auch den Rock aus und öffnete das Hemd über der Brust.

Angstvoll stand Käte dabei. Der Arzt löste von der Weste die Schlüsselkette mit dem Schlüsselbund des alten Herrn, weil sie ihn behinderte, und er reichte sie Käte, die sie auf den Nachttisch legte.

Endlich richtete sich der Arzt auf und sah sich nach Käte um.

»Was ist denn mit Onkel Heinrich, Herr Doktor? Er sieht so seltsam aus. Kann ich etwas helfen?«

Der Arzt schüttelte den Kopf.

»Da ist nichts mehr zu helfen, Fräulein Harland, Ihr Herr Vormund ist tot. Er war es schon, als ihn der Chauffeur zu mir brachte. Ich wollte Sie nur schonend vorbereiten und erst meiner Sache sicher sein.«

Käte war zurückgetaumelt und sank kraftlos auf einen Stuhl am Bett.

»Das kann doch nicht sein — es ist doch keine Stunde her, daß er aufrecht vor mir stand und mit mir sprach«, flüsterte sie mit blassen Lippen.

»Ein Schlaganfall hat seinem Leben ein jähes Ende gesetzt. Ein schöner Tod, ohne langes Krankenlager. Man möchte ihn beneiden«, sagte der Arzt.

Käte war zumute, als verliere sie den Boden unter den Füßen. Sie sank neben dem Toten in die Knie und sah weinend in das Antlitz ihres Onkels. Liebevoll streichelte sie seine gefalteten Hände. Dabei blieb sie mit einem schlichten goldenen Ring, den sie an ihrem kleinen Finger trug, an seinem Daumen hängen. Der Ring glitt herab, als habe ihn der Tote abgestreift. Der Ring rollte über die toten Hände. Käte griff danach und steckte ihn achtlos wieder an. Dann drückte sie ihre Lippen auf die toten Hände.

»Onkel Heinrich — lieber Onkel Heinrich«, sagte sie schluchzend.

Der Arzt ließ sie eine Weile gewähren. Dann fragte er: »Wo befindet sich Günter Warneck, Fräulein Harland — ist er in der Fabrik?«

Käte hob das tränenüberströmte Gesicht zu ihm empor. — »Nein — er ist verreist — er befindet sich jetzt in München.«

»Dann muß er sofort benachrichtigt werden. Haben Sie seine Adresse?«

Käte erhob sich und dachte nach. Sie konnte sich nicht entsinnen, wie das Hotel hieß, in dem Günter wohnte. Aber die Adresse hatte in seinem Brief gestanden, der heute morgen angekommen war.

Sie strich sich das Haar aus der Stirn und sagte das dem Arzt. — »Vielleicht hat Onkel Heinrich den Brief noch bei sich.« — Der Arzt nickte. Sie suchte in der Brusttasche des Rockes nach der Brieftasche und sah darin nach.

Aber der Brief war nicht darin.

Käte legte beide Hände an die Schläfen und überlegte. Onkel Heinrich war mit Günters Brief in sein Arbeitszimmer gegangen, um ihn zu beantworten. Wenn er den Brief nicht bei sich hatte, mußte er sich in seinem Schreibtisch befinden, denn offen ließ er diesen Brief seines Sohnes nicht herumliegen. Und fremde Augen sollten diesen Brief auch jetzt nicht sehen.

Kurz entschlossen nahm Käte das Schlüsselbund ihres Vormunds vom Nachttisch.

»Ich will gleich nachsehen, ob Onkel Heinrich den Brief mit der Adresse in seinem Schreibtisch eingeschlossen hat. Warten Sie bitte einen Augenblick, Herr Doktor.«

Und ehe sie das Zimmer verließ, strich sie abermals über die Hand des Toten.

»Das wird eine schlimme Nachricht für Günter«, schluchzte sie und ging hinaus.

Sie eilte in das Arbeitszimmer des Vormunds und schloß verschiedene Fächer des Schreibtisches auf, ohne den Brief zu finden. Schließlich öffnete sie auch den Safe. Und da sah sie den Brief liegen, dicht neben dem Testament des alten

Herrn. Ihre Augen wurden starr. Das Testament war noch nicht vernichtet — es würde Gültigkeit haben, auch wenn der Wille des Testators sich vor seinem Tod geändert hatte — was nur sie wußte.

Käte stand zitternd an den Schreibtisch gelehnt und starrte das Testament an. Sie fror vor Erregung bis ins Herz hinein. Und plötzlich ward es ganz klar in ihrer Seele. Dies unselige Testament durfte Günter nicht finden — niemand durfte es finden. Sie mußte es verschwinden lassen — jetzt gleich! Vielleicht kam ihr nicht noch einmal eine so günstige Gelegenheit — vielleicht wurde jetzt gerichtlich alles verschlossen und versiegelt, bis Günter nach Hause kam — und dann würde es ihr nicht mehr möglich sein, das Testament verschwinden zu lassen.

Ihre Augen starrten das Testament an, ihre kalten Hände zitterten. Tat sie denn ein Unrecht, wenn sie dieses Dokument entwendete? Nein — sie machte ein Unrecht gut, nichts weiter. Und sie tat nur das, was Onkel Heinrich heute abend hatte tun wollen und woran ihn nur sein Tod hinderte. Nein — nein — sie tat kein Unrecht, sie fügte ja niemandem Schaden zu als sich selbst und verhalf Günter zu seinem Recht. Aber selbst wenn es ein Unrecht war — sie mußte es tun — sie mußte. Ihr war, als stehe Onkel Heinrich vor ihr und gebiete ihr selbst, es zu tun.

Und sich ängstlich umsehend, faßte sie mit vor Aufregung eiskalt gewordenen Händen in den Safe und ergriff das Dokument.

»Vater im Himmel, verzeihe mir die Sünde, wenn es eine ist«, betete sie und steckte das Dokument in den Ausschnitt ihres Kleides. Zitternd atmete sie auf und preßte die Hände darauf.

Dann griff sie nach dem Brief und fand auf dem Umschlag schon den Namen des Hotels aufgedruckt. Sie prägte sich diesen ein und legte den Brief in den Safe zurück. Hastig schloß sie ab und verließ, wie auf der Flucht vor sich selbst, das Zimmer. Sie kehrte in das Schlafzimmer ihres Vormunds zurück. Mit leichenblassem Gesicht nannte sie dem Arzt das Münchner Hotel, wo Günter wohnte.

»Bitte, setzen Sie das Telegramm auf, Herr Doktor, ich bin dazu außerstande — und bitte, fassen Sie es recht schonungsvoll ab«, stammelte sie und sank an der Leiche des Vormunds zusammen.

Während der Arzt hinausging, preßte sie ihre Lippen auf die Hände des Toten.

»Nicht wahr, Onkel Heinrich, es war in deinem Sinn — ich habe recht getan?« flüsterte sie, als müsse er es hören.

Und als sie dann in sein Gesicht sah, kam ein stiller Friede über sie. Ja — sie hatte recht getan. Günter mußte als freier Mann das Erbe seines Vaters antreten. Und wenn dieser geschworen hatte, ihn zu enterben, so hatte er doch in väterlicher Liebe nach einem Ausweg gesucht. Sie hatte alles in die rechten Wege geleitet, indem sie das Testament verschwinden ließ. — Was aus ihr wurde, nachdem sie sich selbst eines großen Erbes beraubt hatte, kümmerte sie jetzt nicht.

Wie getröstet erhob sie sich und legte die Schlüssel wieder auf den Nachttisch. Als der Arzt zurückkam, sah sie ihm ruhig und gefaßt entgegen.

Sie konnte nun alles Nötige mit ihm besprechen. Sie telefonierte mit den Prokuristen der Fabrik und meldete ihnen, was geschehen sei. Die beiden Herren kamen schnell herbei und nahmen Käte alle in solchen Fällen nötigen Besorgungen ab. Käte händigte dem einen dieser Herren, der schon seit langen Jahren in der Firma Warneck angestellt war, die Schlüssel ihres Vormundes aus.

»Bitte verwahren Sie diese für Herrn Günter Warneck«, sagte sie.

Aber sie sprach nicht davon, daß sie diese Schlüssel schon benutzt hatte. Es war ein instinktiver Einfall von ihr, die Schlüssel abzugeben. Niemand sollte wissen, daß sie den Schreibtisch nach Onkel Heinrichs Tod geöffnet hatte. Dem Arzt hatte sie beiläufig erzählt, daß sie Günters Adresse auf einem Umschlag im Papierkorb gefunden habe.

Daß an Günter telegrafiert worden sei, teilte Käte den Prokuristen mit: aber sie erwähnte nichts davon, was seine Abwesenheit veranlaßt habe. Niemand sollte wissen, daß Günter auf die Hochzeitsreise gegangen war. In der Fabrik nahm man an, der junge Herr habe eine Vergnügungsreise unternommen.

Den ganzen Tag kam Käte nicht zur Ruhe und zur Sammlung. Es stürmte zu viel auf sie ein, und erst am späten Abend konnte sie ihr Zimmer aufsuchen.

Als sie endlich allein war, zog sie das lange, schmale Kuvert mit dem Testament aus ihrem Kleid hervor.

Käte sah auf das unverletzte Siegel nieder und atmete auf. Was sollte sie nun mit diesem Dokument beginnen? Sollte sie es verbrennen?

Ratlos sah sie sich um. Im ganzen Hause gab es elektrisches Licht und Zentralheizung, keinen Kamin, wo sie dieses feste Papier verbrennen konnte. Sie mußte eine Gelegenheit abpassen, wo sie es vielleicht im Küchenherd verbrennen konnte. Vorläufig war es in ihrem Besitz gut aufgehoben.

Sie öffnete ihren Schreibtisch und legte das Testament in eine Kassette, in der sie ihre Schmucksachen und kleine Andenken verwahrte. Sie schloß Kassette und Schreibtisch zu und hing den Schlüssel an eine Kette, die sie unter ihrem Kleid um den Hals trug. Dann ging sie wieder hinunter, um an Onkel Heinrichs Lager die Totenwache zu halten.

XI

Günter Warneck hatte nach seiner Trennung von Lori schlimme Tage verlebt. Es war doch nicht so leicht, sich von einem Menschen zu trennen, dem man alles hatte sein wollen. Es erschien ihm alles öde und leer, und er lebte tagelang in trostloser Stumpfheit dahin, ehe er sich endlich entschließen konnte, an seinen Vater zu schreiben. — Und nun wartete er auf dessen Antwort. Sobald sie eintraf, wollte er nach der Schweiz abreisen. Er fühlte, daß ihm nur angestrengte Arbeit über die Zerrissenheit seiner Empfindungen hinweghelfen konnte. Und da es ihm noch nicht möglich war, nach Hause zu reisen, um dort seine gewohnte Tätigkeit aufzunehmen, mußte er sich ein neues Arbeitsfeld suchen.

Er hatte auch an Käte schreiben wollen, denn er sagte sich, daß er ihr wenigstens danken müsse für ihren Brief; aber er starrte unschlüssig auf den leeren Briefbogen herab und fand die rechten Worte nicht. Ihm war, als hätten die Erlebnisse der letzten Zeit auch über Käte Harlands Bild einen Schatten geworfen. Sie war ja auch eine Frau, und in seiner jetzigen Stimmung sah er in jeder eine Betrügerin. Mit Mühe brachte er ein kurzes, formelles Schreiben fertig, in dem er ihr einen steifen Dank abstattete, aber diesen Brief zerriß er wieder, weil er ihm gründlich mißfiel.

So unterließ er es ganz, ihr zu schreiben, ahnungslos, wie sehr er sie damit kränkte.

Die Antwort seines Vaters auf seinen Brief konnte frühestens am nächsten Morgen eintreffen. Um sich abzulenken, ging er am Abend in die Oper. Aber er fühlte sich angeekelt von den geschminkten Sängerinnen, die in großen Tönen von einer Liebe sangen, die sie nicht empfanden. Er vermochte nicht, bis zum Ende zu bleiben. Nach dem zweiten Akt verließ er die Oper und lief planlos durch die Straßen Münchens. Der Hunger trieb ihn endlich in ein Weinlokal. Hier suchte er sich in einer stillen Ecke einen Platz und starrte trübsinnig vor sich hin. Plötzlich zuckte er zusammen — ein Herr und eine Dame traten ein, und er glaubte in den beiden Lori und Mister Hamton zu erkennen. Die Dame hatte dunkles Haar und als sie sich umwandte, starrte er in ein fremdes Gesicht. Er atmete auf.

Das Paar nahm an dem Nebentisch Platz, und Günter, der die Dame noch immer ansah, weil er den Schreck noch nicht verwunden hatte, merkte, daß diese ihm aufmunternde Blicke zuwarf. Ein wilder Zorn auf die Frauen stieg in ihm auf. Sie waren doch alle gleich — alle — ohne jede Ausnahme!

Von Ekel überwältigt, schob er den Teller von sich, zahlte und verließ das Lokal. Langsam ging er in sein Hotel zurück und erreichte es, als es Mitternacht schlug.

Im Hotel fand er ein Telegramm vor:

»Sofortige Heimkehr notwendig. Vater schwer erkrankt. Doktor Albers.«

Der Arzt hatte ihm die Todesnachricht nicht senden wollen. Es war Zeit genug, wenn Günter bei seiner Heimkehr vom Tod des Vaters erfuhr.

Aber auch diese Nachricht erfüllte Günter mit lähmendem Entsetzen, das alles andere in ihm zum Schweigen brachte. Der Vater erkrankt? Und er mußte ernstlich krank sein — schwer krank, sonst hätte Doktor Albers, den er als besonnenen Mann kannte, nicht so telegrafiert. Er fühlte instinktiv, daß ihn dies Telegramm auf das Schlimmste vorbereiten sollte.

Quälende Angst stieg in ihm auf. Nie war ihm der Vater lieber und teurer gewesen als gerade jetzt. Er dachte an das alte Leiden seines Vaters, das freilich nicht beängstigend gewesen war, das aber immerhin bei seinem Alter Komplikationen herbeiführen könnte. Wenn sein Vater starb, ohne daß er sich mit ihm ausgesöhnt hatte?

Diese Frage lähmte ihn, er sank im Hotelfoyer in einen Sessel und starrte vor sich hin. Aber dann sprang er auf und trat an den Portier heran.

»Wann geht ein Nachtzug nach Berlin?«

»Der ist längst fort, Herr Warneck — heute geht kein Zug mehr. Sie können nur den Frühzug benutzen.«

Günter gab Weisung, daß er zur rechten Zeit geweckt würde, und suchte sein Zimmer auf.

Am nächsten Morgen, als er im Vorraum des Hotels auf den Wagen wartete, der ihn zum Bahnhof bringen sollte, erhielt er den Brief seines Vaters durch einen Eilboten. Er hatte jetzt keine Zeit, ihn zu lesen, denn er hatte es eilig, zum

Bahnhof zu kommen. Aber sobald er im Zug saß, zog er den Brief hervor und las.

Ein tiefer, erlöster Seufzer hob seine Brust. Gottlob — er hielt die Verzeihung seines Vaters in den Händen. Und dieser mußte gestern noch gesund und wohlauf gewesen sein. Die Unruhe seines Herzens legte sich ein wenig, aber wieder und wieder las er das kurze Schreiben seines Vaters durch. Tiefe Bewegung ergriff ihn. Der Segen seines Vaters war wieder bei ihm. Und er fühlte wieder einmal in tiefstem Herzen, wie fest trotz allem die Bande waren, die ihn an seinen Vater knüpften. Das Blut war stärker. Und er war Blut von seines Vaters Blut.

Fest nahm er sich vor, in Zukunft dem Vater gegenüber seinen Starrsinn zu bezähmen. Es sollte wenigstens aus diesem durch ihn verschuldeten Zerwürfnis ein besseres Einvernehmen mit seinem Vater wachsen. Das wollte er aus dem Schiffbruch retten. Er begriff es jetzt selbst nicht mehr, wie es möglich gewesen war, daß eine Frau wie Lori sich trennend zwischen ihn und den Vater schieben konnte. Sie war es nicht wert gewesen — keine Frau war es wert. —

Abends kam er zu Hause an. Es war alles still und dunkel in seinem Vaterhaus. Nur im Wohnzimmr brannte Licht. Es beschien einen blonden Mädchenkopf. Käte wachte also noch. Sie erwartete ihn.

Etwas wie Rührung wollte sich ihm ins Herz schleichen. Ein warmes Heimatgefühl stieg in ihm auf. Aber er schob dies weiche Gefühl von sich. Wenn Käte Harland auf ihn wartete, so tat sie es auch nur aus Berechnung.

Seine Augen flogen hinauf zu seines Vaters Schlafzimmer — und da erschrak er bis ins Herz hinein. Die Fenster dieses Zimmers standen weit offen, das Zimmer war dunkel.

Von einer unbeschreiblichen Unruhe erfüllt, sprang er aus dem Taxi, das er sich am Bahnhof genommen hatte, und klingelte.

Im gleichen Augenblick merkte er, daß das elektrische

Licht in der Diele aufflammte. Käte hatte den Wagen vorfahren hören und war schnell herbeigeeilt. Auch ein Diener war zur Stelle. Er öffnete das Portal. Und nun stand Günter blaß und erschrocken vor Käte. Er sah, daß sie ein schwarzes Kleid trug. Ihr wie dunkles Gold schimmerndes Haar hob sich leuchtend davon ab. Ein tiefer Schmerz lag auf dem blassen Antlitz.

»Käte?«

Eine bange, unruhige Frage lag in diesem einen Wort.

Käte trat auf ihn zu, und ihre Augen bekamen einen feuchten Glanz.

»Günter — etwas Schlimmes wartet hier auf Sie!« stieß sie hervor, mit einem Ausdruck, als müsse sie ihn beschwören, stark und mutig zu sein.

Günter war zumute, als setze sein Herzschlag aus. »Mein Vater, Käte? Was ist mit meinem Vater?« fragte er halberstickt.

Er sah große Tränen lautlos über ihre Wangen rollen, und dieses lautlose Weinen wirkte so erschütternd, daß er tief erschrak.

»Sagen Sie mir wenigstens, daß mein Vater lebt«, stieß er heiser, in größter Erregung hervor.

Sie faßte seine Hand. »Sie müssen stark sein, Günter, — es tut mir bitter weh, daß ich Ihnen sagen muß, was geschehen ist. Alles, was Ihnen weh tut, muß ich Ihnen mitteilen — es ist wie ein Verhängnis, Günter — Sie finden Ihren Vater nicht mehr am Leben!«

Er stand wie von einem Schlag betäubt und starrte sie an.

»Tot?« rang es sich über seine Lippen in einem einzigen qualvollen Laut.

Sie senkte das Haupt, und er sah, wie sie erzitterte. Seinen Vater hatte sie wohl ehrlich liebgehabt.

Eine Weile herrschte tiefes, beklommenes Schweigen. Dann raffte sich Günter auf.

»Wo finde ich meinen Vater?« fragte er mit versagender Stimme.

Käte richtete sich empor. »Kommen Sie, ich führe Sie zu ihm.«

Sie schritt auf eine Tür zu, hinter der man Heinrich Warneck aufgebahrt hatte. Hier hatte Käte in der vorigen Nacht mit dem alten Prokuristen des Hauses Warneck die Totenwache gehalten.

Sie ließ Günter eintreten, nachdem sie das elektrische Licht angeschaltet hatte.

»Ich lasse Sie allein mit Ihrem Vater, Günter. Wenn Sie meiner bedürfen, lassen Sie mich rufen. Der Diener wird wach bleiben und Ihnen die Nacht über zur Verfügung stehen.«

Er nickte ihr zu. »Ich danke Ihnen, Käte.«

Sie schloß leise die Tür hinter ihm und stand dann eine ganze Weile reglos, mit gefalteten Händen, die geschlossene Tür ansehend. Sie war bis ins Innerste erschüttert durch Günters Aussehen. Er war schmal und blaß geworden, und um seinen Mund lag ein harter, herber Zug, den sie vorher nie gesehen hatte.

Ein banger Atemzug hob ihre Brust. Dann wandte sie sich zum Gehen. In der Diele, an der Treppe, die nach oben führte, stand der Diener. — »Franz, Sie bleiben wach, bis der junge Herr Sie zur Ruhe schickt. Es ist möglich, daß Sie die ganze Nacht ausharren müssen. Sie können sich morgen dafür ausschlafen. Wenn der junge Herr nach mir fragen sollte, klopfen Sie an die Tür meines Zimmers. Ich lege mich nur auf das Sofa. Falls ich gebraucht werde, bin ich schnell zur Stelle.«

»Es ist gut, Fräulein Harland, ich bleibe hier«, erwiderte Franz.

Und Günter blieb während der Nacht bei seinem toten Vater, mit dem er im Geist Zwiesprache hielt. Nie hatte er so innig und herzlich mit dem lebenden Vater gesprochen wie in diesen Stunden mit dem Toten. Es war, als habe der Tod alles hinweggeräumt, was je trennend zwischen ihnen gestanden hatte.

Erst als der Morgen graute, betrat Günter blaß, aber gefaßt die Diele.

Er fand Franz auf dem Stuhl eingeschlafen und weckte ihn auf.

»Gehen Sie schlafen, ich bedarf Ihrer nicht mehr«, sagte er.

Dann suchte Günter sein Zimmer auf und begab sich zur Ruhe. Einige Stunden konnte er noch schlafen, um sich für den kommenden Tag zu stärken.

Käte wartete am nächsten Morgen am Frühstückstisch auf Günters Erscheinen. Sie hatte, obwohl sie todmüde gewesen war, wenig Schlaf gefunden. Immer war sie wieder aufgeschreckt von ihrem Lager. Sie hatte ihr Kleid nicht abgelegt, weil sie jede Minute bereit sein wollte, Günters Ruf zu folgen.

Im Morgengrauen hörte sie ihn endlich sein Zimmer aufsuchen. Danach schlief auch sie endlich fest ein.

Und nun wartete sie voll Unruhe auf sein Erscheinen. Es gab allerlei mit ihm zu besprechen.

Als er erschien, begrüßten sie einander mit stummem Handschlag. Dann füllte Käte Günters Tasse und reichte ihm Butter und Brötchen, wie sie es sonst auch getan hatte. Alles war wie sonst — nur daß der Vater fehlte und daß Günters schwere, schmerzliche Enttäuschung wie eine Mauer zwischen ihnen stand. Mit trüben Augen blickte sie in sein finsteres Gesicht, das ihr so seltsam fremd erschien.

Eine ganze Weile saßen sie so einander gegenüber in beklommenem Schweigen. Dann richtete sich Günter mit einem Seufzer empor und ließ seine Augen auf Käte ruhen. Sie sah sehr blaß und müde aus, aber trotzdem erschien es Günter, als habe er sie nie so schön gesehen. Etwas Warmes, Gutes wollte in ihm aufsteigen — aber er wehrte sich dagegen. Nur nicht wieder schwach werden einer Frau gegenüber — es kam doch nichts dabei heraus als eine große Enttäuschung.

Und so sagte er ruhig und beherrscht: »Wollen Sie mir

erzählen, Käte, wie mein Vater starb und was seinem Tod vorausging?«

Sie atmete zitternd.

Und dann berichtete sie ihm, daß der Vater schon seit Wochen nicht sehr wohl gewesen sei und daß er in der letzten Zeit oft geklagt habe, daß sein altes Leiden sich bemerkbar machte. Sie erzählte ihm auch, daß er sich gewünscht habe, wie alle Warnecks einen schnellen Tod zu finden. Auch sonst erstattete sie ihm Bericht über alles Wissenswerte, schilderte ihm, welchen Eindruck sein Brief auf ihn gemacht und wie er dabei von Günter gesprochen hatte.

Er hörte ihr still zu und warf zuweilen eine Frage dazwischen, aber das Herz wurde Käte dabei immer schwerer. Das war nicht der Günter, der, gutmütig über ihre Bescheidenheit zankend, ihr oftmals gegenübergesessen hatte. Er war auch nicht mehr der Günter, der froh und leichtherzig über sie hinweggesehen, wie er es früher getan, als er nur gleichgültige Worte mit ihr gewechselt hatte. Von seinem Vater sprach er mit einer warmen Innerlichkeit, aber für sie hatte er nichts als eine starre, formelle Höflichkeit, und der bittere, verächtliche Zug um seinen Mund quälte sie unsagbar. Sie atmete wie erlöst auf, als er sich vom Frühstückstisch erhob.

»Ich fahre jetzt hinaus in die Fabrik, um dort nach dem Rechten zu sehen und einiges Wichtige mit den Prokuristen zu besprechen. Ist noch irgend etwas anzuordnen für die Beisetzung meines Vaters?«

Sie erhob sich ebenfalls und schüttelte den Kopf. »Prokurist Durlach hat alles Nötige erledigt. Morgen nachmittag um drei Uhr findet die Einäscherung Onkel Heinrichs statt.«

»Sie hatten viele Mühe und Unruhe, Käte«, sagte er höflich. »Franz sagte mir, daß Sie die erste Nacht mit Herrn Durlach an der Leiche meines Vaters gewacht haben.«

Sie hätte aufschreien mögen vor Schmerz über diesen kalten, formellen Ton. Aber sie sah ihn nur mit einem müden, schweren Blick an.

»Was liegt daran? Ich habe so wenig tun können für

meinen Wohltäter, als er noch lebte. Sollte ich ihm diesen Liebesdienst nicht erweisen? Da Sie nicht da waren, um bei Ihrem Vater wachen zu können, wollte ich ihn nicht allein lassen. Herr Durlach wollte wieder mich nicht mit dem lieben Verstorbenen allein lassen. Er hätte es ruhig tun können, ich hätte mich nicht gefürchtet, denn Onkel Heinrich war immer lieb und gut zu mir. Aber Herr Durlach ist Ihrem Vater auch so vielen Dank schuldig, da wollte ich es ihm nicht verweigern, mit mir an seinem Lager zu wachen.«

Es fiel ihm auf, wie schlicht sie das sagte, und er mußte daran denken, daß ihr ganzes Leben in seines Vaters Haus im Grunde nichts anderes gewesen war als eine einzige Aufopferung. Für alle Mühe und Arbeit hatte sie nichts gehabt als ihren Unterhalt. Und dafür glaubte sie noch Dank schuldig zu sein.

Wieder wollte es warm in ihm aufsteigen, aber auch jetzt zwang er es nieder und dachte verbittert: Sie hat das alles wohl nur aus Berechnung getan, um meinen Vater zu bestimmen, in ihr seine künftige Schwiegertochter zu sehen.

Und mit einem kurzen Neigen des Kopfes sagte er gemessen:

»Auf Wiedersehen!«

»Auf Wiedersehen«, erwiderte sie leise. Und sie sah ihm mit trüben Augen nach und dachte, die Hände auf das Herz pressend: Gottlob, daß er das unselige Testament nicht zu sehen bekommt! Wie hätte es bei seiner jetzigen Gemütsverfassung auf ihn wirken sollen?

Es quälte sie namenlos, daß Günter in seinem Wesen so verändert war. Würde das immer so bleiben? Würde er nie wieder der impulsive, warmherzige Mensch werden, der er vor seiner Verheiratung gewesen war?

Als sie nun allein im Wohnzimmer saß, dachte sie zum ersten Mal an sich selbst. Was würde nun aus ihr werden? Daß sie hier im Hause blieb, auch wenn es Günter gestatten würde, war ausgeschlossen. Ganz abgesehen davon, daß ihr nur die Güte ihres Vormundes hier eine Daseinsberechtigung gegeben hatte, war Günter noch zu jung, um eine junge Frau als Hausdame zu behalten.

Sie war, trotz Günters Veränderung, davon überzeugt, daß er sehr gern im Sinne seines Vaters für sie sorgen würde; aber was sie von dem alten Freund ihres Vaters hatte annehmen können, das durfte sie von dessen Sohn nicht annehmen. Onkel Heinrich war immerhin ihr Vormund gewesen, aber unter welcher Berechtigung sollte jetzt Günter für sie sorgen dürfen?

Ganz gewiß hätte Onkel Heinrich auch über das Grab hinaus für sie gesorgt, wenn er Zeit gehabt hätte, ein anderes Testament zu machen, das wußte sie.

Ein leises Lächeln huschte bei diesem Gedanken um ihren Mund, und ihre Augen leuchteten auf, als sie daran dachte, daß Günter nur der Erbe seines Vaters wurde, weil sie es wollte. Es kam ihr gar nicht in den Sinn, sich zu gestehen, daß sie Günter und ihrem mädchenhaften Stolz ein großes Opfer gebracht hatte, als sie das Testament verschwinden ließ. Hätte sie es an seiner Stelle liegen lassen, würde man es gefunden haben, und dann würde sie zur Herrin dieses Hauses und zu Onkel Heinrichs Haupterbin eingesetzt worden sein. Ja — sie war sogar imstande, sich jetzt noch zur Erbin ihres Vormundes zu machen — sie brauchte nur das lange, schmale Kuvert aus ihrem Schreibtisch zu holen und es irgendwo hinzulegen, wo man es finden mußte. Aber das würde sie natürlich nicht tun — lieber sterben, als Günter Warnecks Augen auf den Worten ruhen zu lassen, die ihm bestimmen sollten, sie zu seiner Frau zu machen.

Sie seufzte tief auf.

Was sollte aber nun aus ihr werden?

Es gab nur einen Ausweg — sie mußte sich eine Stellung suchen, mußte auf irgendeine Weise ihren Lebensunterhalt verdienen. Zum Glück besaß sie einen allerdings sehr bescheidenen Notpfennig. Den Erlös der Hinterlassenschaft ihrer Eltern hatte Onkel Heinrich damals gut für sie angelegt. Sie ging also nicht mit ganz leeren Händen aus dem Haus und konnte in bescheidenen Verhältnissen leben, bis sie eine Stellung finden würde. Sie war überzeugt, daß Günter jederzeit bereit sein würde, sie vor Not zu schützen, aber um keinen Preis hätte sie von ihm eine Unterstützung angenommen.

Zum Glück besaß sie auch ihre bescheidenen Schmucksachen noch. Es waren teilweise Erbstücke von ihrer Mutter und teilweise Geschenke von Onkel Heinrich. Von diesen Schmuckstücken würde sie sich freilich nur schweren Herzens trennen, aber immer noch lieber, als von Günter Wohltaten annehmen zu müssen. Mit Garderobe und Kleidern war sie zum Glück reichlich versehen — damit reichte sie auf Jahre hinaus, denn Onkel Heinrich hatte sie mit allem noch einmal gut ausgestattet.

Sie nahm sich vor, gleich nach der Beisetzung ihres Vormundes ruhig mit Günter über diese Angelegenheit zu sprechen.

Leicht war ihr der Gedanke, daß sie dies Haus verlassen und draußen im Leben den Kampf ums Dasein aufnehmen müsse, nicht. Aber was nicht zu ändern war, hatte die tapfere kleine Käte immer klaglos auf ihre Schultern genommen.

Sie erhob sich, nun sie zur Klarheit gekommen war, und gab in der Küche Anweisung bezüglich des Mittagessens. Dann ging sie hinauf in ihr Zimmer und entnahm dem Schreibtisch ihre Schmuckkassette. Das Testament ihres Vormundes lag noch immer mit unverletzten Siegeln obenauf. Sie hatte noch keine Gelegenheit gefunden, es zu vernichten. Mit einem blassen Lächeln legte sie es neben die Kassette hin. Und nun betrachtete sie ihre Schmucksachen, ein Stück ums andere, und fragte sich, welchen Wert wohl jedes einzelne haben könnte. Bei dieser Gelegenheit fiel ihr plötzlich auf, daß der Ring, den sie von ihren Eltern zur Konfirmation erhalten hatte, verschwunden war. Es war nur ein schlichter Reifen mit zwei winzigen Saphiren und einer noch winzigeren Perle in der Mitte. Sie hatte ihn täglich getragen, erst am Goldfinger der rechten Hand und dann in letzter Zeit, weil er ihr dafür etwas eng geworden war, auf dem kleinen Finger. Für diesen war er nun wiederum etwas zu weit, und wenn sie kalte Hände bekam, rutschte er hin und her. Es fiel ihr ein, daß dieser Ring am Todestag Onkel Heinrichs von ihrem Finger geglitten und über des Vormundes tote Hände gerollt war. Daß sie ihn dann wieder achtlos angesteckt hatte, wußte sie genau, aber seither hatte sie nicht mehr darauf geachtet.

Und nun war er verschwunden. Sie konnte sich nicht entsinnen, wo er geblieben sein könne. Sicherlich war er ihr unbemerkt vom Finger geglitten, und in der unruhevollen Zeit nach Onkel Heinrichs Tode hatte sie den Verlust nicht bemerkt.

Sie sagte sich jedoch, daß er nur hier im Haus verlorengegangen sein könne. Seit man Onkel Heinrich tot heimgebracht hatte, hatte sie das Haus noch nicht verlassen. Der Ring war, wie schon bemerkt, kein großes Wertobjekt, aber es hingen für sie liebgewordene Erinnerungen daran. Sie wollte es der Dienerschaft sagen, daß der Ring im Haus verlorengegangen war, damit man danach suchte.

Sie legte nun alle ihre kleinen Schätze wieder in die Kassette. Anscheinend hatte sie dieselben nicht so eng eingeschachtelt als sonst — jedenfalls fand jetzt das Testament keinen Platz mehr darin. Sie legte es obenauf und verschloß es mit der Kassette wieder im Schreibtisch. — Sie wollte warten, bis sie das Haus verlassen hatte, ehe sie das Testament vernichtete, weil sie es unbemerkt nicht tun konnte.

Als sie dann wieder hinunterkam, waren neue Kränze und Blumenspenden für den Verstorbenen angekommen. Sie ordnete sie an der Bahre und legte dem Toten frische Blumen zwischen die kalten Hände. Eine Weile stand sie still daneben und schaute traurig auf ihn herab. Ein tiefer Seufzer hob ihre Brust. Ihr war, als habe sie zum zweiten Mal ihren Vater verloren. Heinrich Warneck war ihr so lieb gewesen wie ein Vater.

Als sie sich langsam wieder abwandte, fiel ihr der verlorene Ring wieder ein. Sie sah sich suchend um in dem Raum, den die Dienerschaft nicht betreten sollte. Möglich, daß sie den Ring hier verloren hatte. Käte begann eifrig zu suchen.

Aber sie fand ihn nicht.

Als sie das Zimmer verließ, wurde sie ans Telefon gerufen. Günter rief von der Fabrik aus an:

»Bitte, Käte, sorgen Sie dafür, daß heute mittag die beiden Prokuristen mit uns essen können. Ich habe soviel mit ihnen zu besprechen, und wir wollen nach Tisch meines Vaters Schreibtisch zusammen nach wichtigen Papieren durchsehen«, sagte er.

Es war gut, daß Günter nicht sehen konnte, wie Käte die Farbe wechselte. Aber sie antwortete ruhig und sachlich:

»Es ist gut, Günter, ich lasse zwei Gedecke mehr auflegen. Umstände sind ja wohl nicht erforderlich — oder wünschen Sie ein besonders festliches Mahl?«

»Nein, nein, nichts Besonderes. Also pünktlich um ein Uhr, damit wir nicht warten müssen.«

»Sie können unbesorgt sein.«

»Dann auf Wiedersehen, Käte.«

»Auf Wiedersehen, Günter.«

Käthe legte den Hörer auf, und ein weher Zug zuckte zum ihren Mund. Auch dies Telefongespräch trug den Stempel eisiger Förmlichkeit. Es wallte plötzlich eine heiße Empörung in ihr auf. Was hatte sie ihm getan, daß er sich ihr so verändert zeigte? Konnte sie dafür, daß eine berechnende Person ihn betrog?

Aber Käte unterdrückte diese Aufwallung ihres Stolzes sofort wieder. Er litt — und sie durfte es ihm nicht anrechnen.

Nun flog ein still-verklärtes Lächeln über ihre blassen Züge. Heute nach Tisch würde Günter mit den beiden Prokuristen den Schreibtisch seines Vaters durchsuchen — und er würde das Testament nicht finden, das ihn enterbte und rechtlos machte. Sie allein erhielt ihm jetzt sein Erbe. Das machte sie stolz und froh, trotz allem. Und dieser Gedanke würde ihr Kraft geben, alles zu ertragen, was jetzt noch für sie kommen würde. Sie hatte Günter fürstlich beschenken dürfen, ohne daß er es ahnte und ohne daß er es zu hindern vermochte.

XII

Günter traf einige Minuten vor ein Uhr ein. Die Prokuristen hatten unterwegs noch eine Besorgung zu machen und sollten ihm in wenigen Minuten folgen.

Das sagte er Käte, in das Wohnzimmer tretend.

»Sie können schon immer die Suppe auftragen lassen, Käte«, fügte er hinzu.

Käte neigte zustimmend den Kopf und klingelte. Als der Diener eintrat, sagte sie: »Bitte, Franz, bestellen sie in der Küche, daß aufgetragen wird. Und ehe ich es wieder vergesse — ich habe in diesen Tagen hier im Haus einen Ring verloren. Es ist ein schmaler glatter Goldreif mit zwei sehr kleinen Saphiren und einer Perle. Er hat mir zu locker am Finger gesessen und muß mir unbemerkt entfallen sein. Bitte, sagen Sie es unter der Dienerschaft, man soll bitte beim Säubern der Zimmer darauf achten.«

»Sehr wohl, gnädiges Fräulein«, erwiderte Franz und ging hinaus.

Günter wandte sich höflich an Käte: »Sie haben einen Ring verloren?«

»Ja, in diesen letzten beiden Tagen. Ich weiß bestimmt, daß ich ihn noch trug, als Onkel Heinrich tot nach Hause gebracht wurde, denn als ich neben ihm auf den Knien lag, blieb Onkel Heinrichs Daumennagel an dem Ring hängen, und dieser rollte über seine kalten Hände hinweg. Das machte ihn mir noch besonders wert. Ich steckte ihn wieder an, das weiß ich gewiß, und seither habe ich bis heute morgen, da ich seinen Verlust entdeckte, nicht mehr daran gedacht. Er ist mir vom Finger geglitten, weil er mir etwas zu weit war, ohne daß ich es bemerkte.«

»War der Ring sehr kostbar?« fragte Günter.

Sie schüttelte lächelnd den Kopf.

»Nein, nein, es war ein ganz schlichter Reif, den ich von meinen Eltern zur Konfirmation erhielt.«

»Hoffentlich wird er wiedergefunden.«

»Er muß ja im Haus sein, da ich seither nicht ausgegangen bin.«

»So lange waren Sie nicht im Freien?« fragte er.

»Ja, ich hatte keine Zeit.«

»Dann ist es kein Wunder, daß Sie so blaß aussehen.«

Eine glühende Röte, die ihr ins Gesicht schoß, strafte seine Worte Lügen. Daß er sich um ihr Aussehen kümmerte, machte sie verwirrt. Und dies jähe Erröten blieb von Günter nicht unbemerkt, aber in demselben Augenblick trafen die beiden Prokuristen ein, und man ging sogleich zu Tisch.

Die Herren sprachen erst von Geschäften, und dann sagte Günter im Laufe des Gesprächs:

»Da wir im Geschäft kein Testament meines Vaters gefunden und auch bei seinem Notar keines hinterlegt ist, müssen wir es, wenn überhaupt eines vorhanden ist, hier zu Hause finden. Vater hat sich ja einen Safe einbauen lassen, wo er Geld und wichtige Papiere verwahrte.«

Käte war bei diesen Worten rot und blaß geworden, und Günter, der das bemerkte, dachte: Das arme Ding — sie ist gewiß in Sorge, ob mein Vater für ihre Zukunft gesorgt hat.

Und dann wandte er sich direkt an Käte: »Wissen Sie vielleicht, ob Vater ein Testament gemacht hat? Vielleicht hat er einmal mit Ihnen darüber gesprochen?«

Sie schrak leicht zusammen. »Ich kann mich nicht entsinnen«, erwiderte sie mit leise bebender Stimme.

Günter sah sie nachdenklich an. »Sie wissen doch, daß mein Vater kurz vor meiner Abreise mir eine Andeutung betreffs eines Testamentes, das er aufsetzen wollte, gemacht hat«, sagte er, nur Käte verständlich.

Sie wußte sofort, daß er auf seines Vaters Schwur, ihn zu enterben, anspielte, und sagte, so ruhig sie konnte:

»Darüber kann ich Sie beruhigen, die damalige Absicht hat er nicht ausgeführt. Er hat es mir in der letzten Minute, da er lebend das Haus verließ, gesagt, kurz nachdem er Ihren Brief erhalten hatte.«

Er senkte den Kopf und sagte, zu den Prokuristen gewandt: »Verzeihen Sie, das war eine ganz familiäre Abweichung.«

Und wieder zu Käte gewandt, fuhr er fort: »Das Vorhandensein eines Testaments interessiert mich nicht in der Hauptsache meinetwegen. Es wäre mir nur sehr erwünscht, wenn ich wenigstens darüber eine letztwillige Verfügung finden würde, wie sich mein Vater Ihre Zukunft gedacht hat, Käte.«

Sie zwang sich zu einem Lächeln. »Darüber brauchen Sie sich keine Kopfschmerzen zu machen. Sobald Onkel Heinrich zur letzten Ruhe bestattet ist, möchte ich mit Ihnen über diese Angelegenheit sprechen.«

Er nickte. »Das liegt mir auch am Herzen.«

Nach Tisch erhoben sich die Herren, um in das Arbeitszimmer des Verstorbenen zu gehen. Günter blieb noch einen Augenblick zurück und sagte leise zu Käte:

»Haben Sie mit irgend jemandem über meine Verheiratung gesprochen, Käte?«

Mit einem stillen, ernsten Blick sah sie in sein gequältes Gesicht.

»Nein, Günter, weder Ihr Herr Vater noch ich haben irgendeinem Menschen Mitteilung davon gemacht.«

Er atmete auf. »Sie können sich denken, daß ich meine Torheit nicht noch an die große Glocke hängen möchte. Ich danke Ihnen für Ihr Schweigen und bitte Sie auch für die Zukunft um Diskretion. Ich hoffe, meine Scheidung bald durchzusetzen, und ich möchte schon aus Rücksicht auf meinen Vater nicht, daß sein Name in dieser Angelegenheit in aller Munde kommt.«

»Sie können ganz unbesorgt sein, von mir erfährt kein Mensch ein Wort darüber.«

»Ich danke Ihnen. Und nun will ich den Herren hinüberfolgen. Sie sollten eine Stunde ins Freie gehen, Käte, Sie sehen wirklich sehr blaß aus.«

Sie nickte. »Wenn Sie mich nicht brauchen — ich habe einige Besorgungen zu machen.«

»Ich brauche Sie nicht.«

Günter ging ins Arbeitszimmer. Die beiden Prokuristen erwarteten ihn und schlossen sich an. Herr Durlach hatte Günter die Schlüssel seines Vaters ausgeliefert und dabei gesagt:

»Fräulein Harland wollte die Schlüssel nicht im Haus behalten, solange Sie nicht anwesend waren.«

Nun zog Günter das Schlüsselbund hervor und setzte sich an den Schreibtisch seines Vaters. Die beiden Prokuristen standen neben ihm. Zuerst schloß Günter den Aufsatz des altmodischen Schreibtisches auf, weil er wichtige Papiere hier vermuten konnte, und dann den Safe.

In dem Safe fand er, vornan liegend, seinen Brief, den er von München aus an den Vater geschrieben hatte. Als er ihn herausnahm, fiel klingend ein kleiner goldener Gegenstand aus dem Safe. Er faßte danach und erkannte erstaunt einen Ring mit zwei Saphiren und einer Perle, so, wie ihn Käte beschrieben hatte.

Und nun erinnerte er sich auch, diesen Ring früher an Kätes Hand gesehen zu haben. Er stutzte ein wenig. Käte hatte behauptet, daß sie den Ring noch nach dem Tod seines Vaters gehabt hatte. Also mußte Käte unbedingt nach seines Vaters Tod den Safe geöffnet haben. Dabei war ihr, ohne daß sie es merkte, der Ring entglitten.

Es fiel ihm zunächst dabei gar nichts auf. Er dachte auch jetzt nicht weiter darüber nach, sondern steckte den Ring in seine Westentasche, um ihn später Käte zurückzugeben. Dann suchte er weiter nach dem Testament.

Er fand wohl sonst allerlei wichtige Aufzeichnungen — zum Beispiel den ausgearbeiteten Plan für eine Erweiterung der Lagerspeicher neben dem Fabrikgelände und andere geschäftliche Pläne — aber ein Testament fand sich nicht.

Im Safe fand sich noch eine ziemlich hohe Geldsumme für den Verbrauch im Haus und ein Ausgabenbuch für den Haushalt. Alles war in tadelloser Ordnung, und die Herren konnten sich leicht einarbeiten und alles Nötige ordnen.

»Demnach hat mein Vater kein Testament hinterlassen, sonst hätten wir es finden müssen.«

»Unbedingt«, erwiderte Durlach. »Es ist gut, daß keine verzwickte Erbschaftsregulierungen vorliegen. Da Sie der einzige Nachkomme Ihres Herrn Vaters sind, ist im Grunde ein Testament überflüssig.«

»Im gewissen Sinne, ja — ich hätte nur Fräulein Harlands wegen gern gesehen, daß mein Vater eine Bestimmung hinterlassen hätte. Sie wissen, daß mein Vater die junge Dame wie eine Tochter liebte, und daß er ihre Zukunft sicherstellen wollte, erscheint mir zweifellos. Für mich bedarf es natürlich keiner letztwilligen Bestimmung, ich würde auch ohnedies für die junge Dame sorgen — aber — es erscheint mir fraglich, ob sie das von mir annehmen wird. Ich muß also irgendeinen Modus finden, der ihr Zartgefühl respektiert.«

Die beiden Herren nickten verständnisvoll.

»Es wird sich schon ein Modus finden lassen, Herr Warneck«, sagte Durlach.

»Ich werde mir die Sache durch den Kopf gehen lassen und bitte Sie, meine Herren, auch ein wenig darüber nachzudenken. Vielleicht bedarf ich Ihrer Hilfe. Schlimmstenfalls fingieren wir irgendeine Aufzeichnung meines Vaters, oder wir geben vor, daß mein Vater Ihnen gegenüber von seinen Plänen in bezug auf die junge Damen gesprochen hat. Wie gesagt, ich muß mir das durch den Kopf gehen lassen und jedenfalls erst einmal nach der Beisetzung meines Vaters mit Fräulein Harland reden. Ihrer Beihilfe bin ich gewiß, nicht wahr?«

Die beiden Herren beeilten sich, zuzustimmen. Dann verabschiedeten sie sich.

Günter räumte nun alle Papiere wieder ein. Der Brief, den er ihm von München aus gesandt hatte, lag noch vor ihm. Den wollte er seinem Vater mit ins Grab geben. Seine Bitte um des Vaters Verzeihung sollte mit diesem beerdigt werden.

Dabei fiel ihm Kätes Ring wieder ein. Er zog ihn aus seiner Westentasche und sah darauf nieder. Es war wirklich ein sehr schlichter Reif — so ein richtiger Jungmädchenring. Und Günter erinnerte sich, daß Käte immer nur bescheidenen Schmuck getragen und ganz ängstlich abgewehrt hatte, wenn sein Vater ihr einmal ein kostbares Stück schenken wollte.

»Kleines Veilchen«, sagte er lächelnd vor sich hin, wider Willen gerührt.

Aber dann richtete er sich auf, als schiebe er etwas von sich.

Wie mochte der Ring nur in den Safe gekommen sein? Was hatte Käte nach seines Vaters Tod in dem Safe gesucht? Und — warum hatte sie dem Prokuristen Durlach die Schlüssel seines Vaters übergeben. Lag darin vielleicht eine gewisse Absicht? Es hätte doch niemand etwas dabei gefunden, wenn sie selbst die Schlüssel verwahrt hätte.

Und — der Ring hatte entweder dicht neben seinem Brief oder auf diesem gelegen!

Es blitzte plötzlich in seinen Augen auf. Jetzt kam ihm eine Erklärung . . .

Käte hatte wohl seinen Brief bei dem Toten gefunden und hatte nicht gewollt, daß fremde Augen ihn lesen sollten. Deshalb hatte sie ihn wohl in den Safe geschlossen und dann in übertriebener Gewissenhaftigkeit die Schlüssel an Durlach ausgeliefert. Sie war, das wußte er, ein Pflichtmensch. Und taktvoll war sie — ungemein taktvoll. Eigentlich war er ein Tor, daß er sich so förmlich ihr gegenüber benahm — schließlich hatte sie sich doch stets famos ihm gegenüber benommen. Und sie mit einer Lori zusammen abzutun, war wirklich sehr ungerecht von ihm. Selbst wenn sie danach getrachtet hatte, seine Frau zu werden und seinen Vater dahin beeinflußt hatte — war sie deshalb zu verachten und in gleicher Weise einzuschätzen wie die Frau, die ihn so schmählich betrogen hatte?

Er sprang auf und wehrte diese Fragen von sich ab.

XIII

Als er zum Abendessen in das Speisezimmer trat, erwartete ihn Käte schon. Sie war spazierengegangen und sah etwas frischer aus.

Er ließ sich ihr gegenüber am Tisch nieder.

»Weshalb haben Sie eigentlich Vaters Schlüssel nicht behalten, sondern sie Herrn Durlach übergeben, Käte?« fragte Günter, während sie ziemlich schweigend die Mahlzeit einnahmen.

Sie errötete jäh und wich seinen Blicken aus. »Ich — ich hatte keinen besonderen Grund — nur — ich meinte, bei Herrn Durlach seien sie am sichersten aufgehoben.«

Er hatte ihre tödliche Verlegenheit bemerkt und wurde nun noch begieriger, den Grund zu entdecken.

»Ich fand meinen Brief an Vater in dem Safe und nahm an, daß Sie ihn dahin gelegt haben, damit er nicht in fremde Hände fiele.« — Käte war völlig kopflos bei diesem Verhör. Sie hatte alle Selbstbeherrschung nötig, um ruhig zu scheinen.

»Nein, Günter, diesen Brief hat Onkel Heinrich wohl selbst in den Safe geschlossen, nachdem er ihn beantwortet hatte.«

»Ich glaubte, Sie hätten es getan. Es sah Ihnen so ähnlich — diese Sorgsamkeit. Und sie hatten Vaters Schlüssel, und es wäre doch möglich gewesen, daß Sie den Brief hineingelegt hatten.«

Käte saß wie auf Kohlen. Ihr war zumute, als habe sie ein schweres Verbrechen begangen, das sie um jeden Preis verheimlichen müsse. Und dabei hatte sie eine tödliche Angst, daß Günter ihr alles, was sie verbergen wollte, vom Gesicht ablesen könne.

»Ich habe die Schlüssel doch gleich an Herrn Durlach gegeben, Günter.«

Er sah sie forschend an. »Soll das heißen, Käte, daß Sie überhaut nicht den Safe geöffnet haben nach meines Vaters Tod?» fragte er seltsam gespannt.

Sie wurde totenblaß und starrte vor sich hin. »Das soll es selbstverständlich heißen«, stieß sie in verhaltener Erregung hervor.

Und dabei sah sie aus wie eine überführte Lügnerin. Sie war das Lügen nicht gewohnt.

Ein verächtlicher Zug erschien um seinen Mund, schärfer als zuvor.

Die Weiber lügen doch alle, die eine mehr, die andere weniger, dachte er. Das junge Geschöpf kann es noch nicht so perfekt wie jene andere, man sieht ihr noch an, daß sie lügt. Aber eines Tages wird sie es besser können und sich nicht mehr verraten.

Und ein wütender Schmerz befiel ihn. Er wußte nicht, warum es ihm so weh tat, daß auch Käte ihn belogen hatte — Käte, auf deren Treue und Rechtlichkeit er früher Häuser gebaut hätte.

In seinem zornigen Schmerz faßte er in seine Westentasche und zog den Ring hervor.

»Sie müssen sich irren — Sie haben ganz bestimmt nach meines Vaters Tod den Safe geöffnet — denn ich fand diesen von Ihnen vermißten Ring darin! Der über meines Vaters toten Hände gerollt war, wie Sie mir erzählten.«

Und damit legte er den Ring vor sie hin.

Käte saß da wie erschlagen, mit fahlem, todblassem Gesicht und erloschenen Augen. Sie hätte aufschreien mögen in namenloser Qual, denn sie las Verachtung in seinem Gesicht.

Barmherziger Gott — er wußte, daß sie ihn belogen hatte — und er glaubte nun zweifelsohne etwas sehr Schlimmes von ihr, hielt sie für unehrlich — vielleicht für eine Diebin.

Günter sah ihr angstvolles Entsetzen, und nun wurde ihm klar, daß sie etwas Verbotenes an den Safe geführt hatte.

Er erinnerte sich, daß sich stets eine größere Summe Geldes in dem Safe befunden hatte. Käte hatte das gewußt, da sein Vater ihr immer das Haushaltsgeld aus diesem Safe zahlte. Hatte sie vielleicht Geld aus dem Safe genommen — vielleicht in der Angst vor einer ungewissen Zukunft?

Eine andere Erklärung konnte er nicht finden. Sicher war, daß sie ein Unrecht begangen hatte, das bewies ihr Entsetzen, ihre angstvolle Scham, die sich deutlich in ihrer Miene ausprägte. Es tat ihm jetzt leid, daß er sie durch sein Verhör in eine so tödliche Verlegenheit gebracht hatte, aber zugleich schmerzte es ihn tief, daß er sie so klein gefunden hatte. Ihm war, als habe ihn nicht einmal die Erkenntnis der Schlechtigkeit seiner Frau so sehr geschmerzt wie die Entdeckung, daß auch Käte lügen und betrügen konnte.

Er fand kein Wort, um ihr über ihre Verlegenheit fortzuhelfen. Lange Zeit saßen sie sich schweigend gegenüber.

Käte saß reglos da, als sei sie gestorben, und vermochte keinen Bissen mehr anzurühren. Es war alles tot und leer in ihr.

Nun kann mich nichts mehr härter treffen, dachte sie, nun verachtet er mich, vielleicht mehr, als er jene Frau verachtet, die ihn betrogen hat. Und ich muß es tragen, darf mich nicht verteidigen, darf ihm nicht sagen, was mich zu dieser Lüge gezwungen hat. Vater im Himmel, erbarme dich meiner Not — laß mich sterben! Ich ertrage seine Verachtung nicht.

Und so saß sie starr da, unfähig, etwas zu ihrer Rettung zu tun.

Sie zuckte schreckhaft zusammen, als Günter sich mit einem Ruck erhob, den Teller von sich schob und mit einer stummen Verbeugung rasch das Zimmer verließ. Er konnte den Anblick eines der Lüge überführten Menschen nicht länger ertragen. Es riß schmerzhaft an seinem Herzen, und die Bitterkeit drohte ihn zu ersticken.

Jetzt hatte er erst gemerkt, wieviel er von Käte gehalten hatte. Er kam sich vor wie ein Mensch, der einen letzten, heimlichen Schatz verloren hat.

Käte saß noch eine ganze Weile wie gelähmt da und starrte ins Leere. Endlich erhob sie sich mit schweren, müden Gliedern und wankte hinauf in ihr Zimmer. Hier fiel sie, als sie die Tür hinter sich geschlossen hatte, wie vernichtet zu Boden, es fehlte ihr an Kraft, sich aufrecht zu halten. Am Boden ausgestreckt blieb sie liegen, und nur ein dumpfes Stöhnen drang über ihre Lippen.

Wie lange sie so gelegen, wußte sie nicht, als sie endlich die Kraft hatte, sich zu erheben. Aber es mußte schon sehr spät sein, mitten in der Nacht, denn alles im Haus war still.

Mit leeren Augen sah sie um sich, während sie in einen Sessel sank. Was sollte sie tun? Günter noch einmal vor die Augen treten, sich noch einmal seinem verächtlichen Blick aussetzen — nein — nein, das konnte sie nicht — lieber sterben! Es half ihr nichts als eine schnelle Flucht. Ehe der Tag anbrach, mußte sie das Haus verlassen haben. Wohin sie gehen, was aus ihr werden sollte, war ihr gleichgültig. Am liebsten wäre sie in den Tod gegangen. Nur ihm nicht noch einmal in die Augen sehen müssen — in diese Augen, die sie so sehr liebte, deren Glanz ihre ganze heimliche Seligkeit gewesen war.

Er verachtete sie — mußte sie verachten, mußte sie für eine Lügnerin oder Betrügerin, vielleicht gar für eine Diebin halten. War das zu ertragen? Mußte sie auch das auf sich nehmen?

Es würde sie doch nur ein Wort kosten, sich in seinen Augen zu rehabilitieren. Sie brauchte nur zu ihm zu gehen, ihm das Testament zu zeigen und ihm zu sagen: Das habe ich aus dem Safe geholt, um dir dein Erbe zu retten und mir die Demütigung zu ersparen, daß du dich weigerst, mich dann zu deiner Frau zu machen.

Einen Augenblick lang stieg dieser Gedanke lockend in ihr auf; aber dann schob sie ihn von sich. Nein — um diesen Preis rettete sie sich nicht vor seiner Verachtung.

Aber ertragen konnte sie diese auch nicht. Sie mußte fort — noch heute nacht, und durfte ihm nie wieder vor die Augen kommen.

In fieberhafter Erregung packte sie einige notwendige Dinge in einen kleinen Handkoffer. Nur das Unentbehrlichste warf sie hinein. Alles andere konnte man ihr nachsenden, wenn sie erst wußte, wo sie eine Unterkunft finden würde. Auch ihr Geld und ihre Schmuckkassette nahm sie mit, und obendrauf legte sie das Testament. Dann drückte sie das Schloß des Handkoffers zu.

Nun war sie fertig. Aber einige Zeilen wollte sie an Günter schreiben, damit er sich nicht über ihr Verbleiben beunruhigte: Sie setzte sich an ihren Schreibtisch und schrieb:

»Lieber Günter — ja — ich habe Sie belogen, aber bei Gott, ich konnte nicht anders. Die Scham treibt mich noch heute nacht aus Ihrem Haus, ich kann es nicht ertragen, noch einmal in Ihr Gesicht zu sehen, in dem ich die Verachtung las. Bitte, glauben Sie mir — es gibt Dinge, die uns schuldig erscheinen lassen, ohne daß wir es sind.

Wohin ich gehe, weiß ich noch nicht; ich weiß nur, daß ich aus Ihrer Nähe gehen muß und Sie nicht wiedersehen kann. Wenn ich zur Ruhe gekommen bin, werde ich Sie bitten, mir meine Sachen nachzusenden. Großmütig, wie Sie sind, werden Sie sich fragen, ob ich Existenzmittel habe. Sie wissen, daß aus dem Nachlaß meiner Eltern einige Geldmittel vorhanden sind. Auch besitze ich meine Schmucksachen. Bitte, glauben Sie mir wenigstens, daß ich nicht zur Diebin geworden bin — ich las diesen Verdacht in Ihren Augen. So wahr mir Gott in meiner Not helfen möge — ich nehme nichts mit aus Ihrem Haus, was ich nicht als mir zu Recht gehörig betrachten kann. — Leben Sie wohl, Günter — und Gott mit Ihnen.«

Sie steckte diesen Brief in einen Umschlag und schrieb Günters Namen darauf.

Dann warf sie einen dunklen Mantel über, drückte ein schlichtes Hütchen auf ihr Haar und ergriff den leichten Handkoffer. Auch den Brief an Günter nahm sie an sich, sie wollte ihn unten auf den Tisch legen, wo des Morgens immer die Post hingelegt wurde. Günter würde ihn dort finden, wenn er aus seinem Zimmer herunterkam.

Leise öffnete sie die Tür und ging hinaus.

Atemlos lauschte sie. Es war alles still im Haus. Nichts regte sich.

Vorsichtig, jedes Geräusch vermeidend, schritt sie in dem dämmernden Licht des grauenden Morgens die Treppe hinab.

Am Fuß der Treppe zögerte sie und sah sehnsüchtig nach dem Zimmer hinüber, in dem Onkel Heinrich aufgebahrt lag. Wie gern wäre sie noch einmal an das Totenlager ihres Wohltäters getreten, um Abschied von ihm zu nehmen, aber sie wagte es nicht, weil sie jedes Geräusch vermeiden mußte.

Leise ging sie nun an das Schlüsselbrett heran, wo stets der Schlüssel zum Portal hin. In dem Augenblick, als sie danach fassen wollte, öffnete sich plötzlich die Tür zu dem Zimmer, in dem der Verstorbene aufgebahrt lag, und — auf der Schwelle erschien Günter, der auch in dieser Nacht bei seinem Vater gewacht hatte.

Beim Heraustreten schaltete er das Licht ein, und die Diele war hell erleuchtet. Betroffen blickte er nun auf Käte. Diese hatte einen leisen Schreckensruf ausgestoßen und stand nun, an allen Gliedern zitternd, wie gelähmt vor ihm.

In der einen Hand hielt Käte den Brief, in der anderen den Handkoffer.

Günter trat rasch an sie heran und sah betroffen, daß sie zum Ausgehen fertig war und einen Koffer in der Hand hielt.

Seine Augen sprühten. »Was soll das heißen, Käte — was haben Sie vor?«

Ihre Zähne schlugen wie im Frost aufeinander. Sie konnte

kein Wort reden, deutete nur hilflos auf die Tür und lehnte sich wie haltlos an eine Säule.

»Sie wollen fort? Jetzt in der Nacht?« fragte er.

Sie nickte nur.

Eine Weile blickte er sie schweigend und forschend an, und etwas in ihrer Haltung, in dem qualvollen Ausdruck ihres Gesichts griff ihm ans Herz.

»Was haben Sie vor? Weshalb wollen Sie fort?«

Sie rang mit aller Kraft um Fassung.

»Ich muß«, stieß sie heiser hervor, »bitte, lassen Sie mich gehen!«

Und sie wollte zur Tür. Aber ihr Schritt war wankend und kraftlos. Er sah sie taumeln und fing sie gerade noch in seinen Armen auf, ehe sie stürzen konnte.

Ohne Umstände hob er sie empor und trug sie in das Wohnzimmer. Sie ließ weder den Handkoffer noch den Brief aus den verkrampften Händen. Aber sie war zu schwach, um Widerstand zu leisten.

Drinnen im Wohnzimmer ließ er sie in einen Sessel gleiten und sah mit strengen Augen auf sie herab. Er sah in diesem Augenblick seinem Vater ähnlicher als je.

»Mir scheint, Käte, daß Sie eine kolossale Dummheit vorhaben. Ich muß und will Sie daran hindern, wie mein Vater Sie daran gehindert haben würde. An seiner Statt stehe ich jetzt vor Ihnen. Weshalb wollen Sie fort — jetzt, mitten in der Nacht?«

Sie lehnte blaß und müde den Kopf zurück und biß die Lippen fest aufeinander.

Er atmete tief auf.

»Sie wollen nicht sprechen? Nun wohl, dieser Brief trägt, wie ich sehe, meinen Namen, vielleicht gibt er mir Aufschluß über Ihr rätselhaftes Benehmen. Ich bin so frei, ihn zu lesen«.

Bei diesen Worten hatte er ihr den Brief schnell aus der Hand gerissen.

Dicht vor ihr stehenbleibend las er, was sie an ihn geschrieben hatte. Und diese von der tiefsten Herzensnot erpreßten

Worte blieben nicht ohne Wirkung auf ihn. Sie machten einen vollkommen wahrhaftigen Eindruck.

Wiederum sah er sie forschend an.

»Das alles ist mir ein Rätsel, Käte. Wollen Sie nicht Vertrauen zu mir haben und mir alles sagen? Warum haben Sie mich belogen? Warum leugneten Sie, den Safe geöffnet zu haben? Mir scheint jetzt, Sie hatten einen geheimen Grund dazu.«

Sie schauerte wie im Frost zusammen. »Fragen Sie mich nicht — lassen Sie mich gehen — ich ertrage es nicht, wie eine Schuldige vor Ihnen zu erscheinen«, stieß sie heiser hervor.

Er biß die Zähne zusammen. Der Warnecksche Starrkopf wollte sein Recht. Aber die verächtliche Bitterkeit Käte gegenüber wollte ihren qualvollen Worten gegenüber nicht standhalten.

»Ich lasse Sie nicht fort, Käte — nicht so. Mein Vater hätte Sie auch nicht so fortgehen lassen. Er hatte Sie lieb. Sie dürfen nicht aus dem Schutz seines Hauses gehen.«

»Ach — lebte er noch!« stieß sie mit einem herzzerreißenden Ausdruck hervor.

»Würden Sie meinem Vater anvertraut haben, was Sie mir verheimlichen wollen?« fragte er, erschüttert von diesem Ausdruck.

Sie zwang sich mit fast übermenschlicher Kraft zur Ruhe.

»Fragen Sie nicht — erlösen Sie mich von der Pein, Ihren Anblick länger ertragen zu müssen. Ich kann ohnedies nicht länger im Haus bleiben — lassen Sie mich jetzt gehen!«

Heftig schüttelte er den Kopf. Und es war nicht nur der Gedanke, daß sie der Schützling seines Vaters gewesen war, der ihn bewog, sie zurückzuhalten. Er fühlte plötzlich mit schmerzhafter Deutlichkeit, daß mit Käte etwas aus seinem Leben schwinden würde, das ihm unersetzlich war. So sehr er sich gegen dies Gefühl gewehrt hatte und noch wehrte, er wußte, daß er sie halten mußte um jeden Preis.

»Sie bleiben hier, Käte, bis ich eine andere gesicherte

Unterkunft für Sie gefunden habe. Glauben Sie, ich lasse Sie allein in der Nacht aus dem Haus gehen? Sie wissen nicht, was Sie damit tun wollen.«

Und mit einem fast rauhen Griff riß er ihr den Handkoffer aus der Hand, den sie noch immer krampfhaft festhielt.

Auch jetzt wollte sie ihn nicht loslassen und hielt ihn angstvoll fest. Dabei öffnete sich das Schloß, und der Koffer sprang auf. Günter wollte ihn wieder schließen und sagte:

»Seien Sie doch nicht kindisch, Käte, lassen Sie den Koffer los.«

»Lassen Sie mich — gehen Sie — ich will nicht — ich —«

Sie konnte vor Entsetzen nicht weiterreden. Er hatte mit einem raschen Griff ihre Hand beiseitegeschoben und sah in den Koffer hinein, weil er hoffte, hier des Rätsels Lösung zu finden.

Und da sah er obenauf das lange schmale Kuvert liegen, auf dem in seines Vaters steiler, charakteristischer Handschrift zu lesen war: »Mein letzter Wille!«

Ohne auf ihre entsetzte Abwehr zu achten, nahm er das Kuvert heraus. Sie sprang auf und wollte es ihm entreißen. Mit einer ruhigen Bewegung schob er sie zurück.

»Das ist doch seltsam, Käte — ein Testament meines Vaters in Ihrem Besitz? Wie ist das zu erklären?«

Sie versuchte nochmals, es ihm zu entreißen, ohne daß es ihr gelang.

»Nicht lesen — nicht lesen!« stieß sie angstvoll hervor und brach dann plötzlich ohnmächtig neben ihm zusammen. Die furchtbaren Erregungen der letzten Stunden und die körperliche Ermattung hatten sie der letzten Kraft beraubt.

Er hob sie erschrocken auf und legte sie auf das Sofa. Mit einer zarten Bewegung nahm er den Hut von ihrem schimmernden Haar, öffnete ihren Mantel und legte ihr ein Kissen unter den Kopf.

Das Testament seines Vaters hatte er vorläufig auf den Tisch gelegt. Er bemühte sich jetzt erst, Käte zum Bewußtsein zu bringen. Ganz seltsam berührte es ihn, daß sie so blaß und hilflos vor ihm lag, sie, die sonst immer so tatkräftig und besonnen auf ihrem Posten war.

Was war es nur, das sie in die Flucht getrieben hatte? Er glaubte jetzt zu wissen, daß es mit dem Testament seines Vaters zusammenhing. Sicherlich kannte sie dessen Inhalt, und es war zweifellos, daß sie es aus dem Safe entwendet hatte. — Warum?

Endlich schlug Käte die Augen wieder auf und sah mit trüben Augen um sich. Günter beugte sich über sie.

»Was machen Sie für Torheiten, Käte? Sie waren sonst immer so klar und offen; und jetzt legen Sie sich plötzlich auf das Rätselhafte«, suchte er zu scherzen.

Sie barg das Gesicht in beiden Händen und versuchte sich aufzurichten, fiel aber kraftlos wieder zurück.

Er strich ihr sanft über ihr Haar. »Ruhen Sie jetzt erst eine Weile, Sie sind ja vollkommen erschöpft. Ich werde inzwischen das Testament meines Vaters durchlesen.«

Da richtete sie sich mit einem wilden Ruck empor und sah ihn flehend an.

»Tun Sie es nicht — bitte, tun Sie es nicht! Vernichten Sie dies unselige Testament, ohne es gelesen zu haben. Es ist nicht der letzte Wille Ihres Vaters, das schwöre ich Ihnen! Er hatte es nur im ersten Zorn verfaßt, aber er hätte es selbst vernichtet, wenn er nicht so plötzlich aus dem Leben geschieden wäre. Das hat er mir selbst gesagt, als er das letztemal mit mir sprach. Vernichten Sie es ungelesen. Es ist im Sinne Ihres Vaters, daß es vernichtet wird. Nur deshalb habe ich es an mich genommen, nur, um Onkel Heinrichs wahrhaft letzten Willen zu erfüllen. Glauben Sie mir — ach, glauben Sie mir doch!«

Er sah sie seltsam gespannt an.

»Sie kennen den Inhalt des Testaments, Käte?«

»Ja, ja — Ihr Vater legte es mir vor. Ich bat ihn gleich, es zu vernichten, aber er wollte es damals nicht, weil er einen Schwur getan hatte — und weil er — ach, mein Gott — glauben Sie mir doch, daß er es selbst vernichten wollte am

Abend des Tages, da ihn der plötzliche Tod hinraffte. Gleich nachdem er Ihren Brief erhalten und sich mit Ihnen ausgesöhnt hatte, sagte er mir das. Und — und deshalb nahm ich das Testament aus dem Safe.«

Seine Augen leuchteten seltsam auf. Es dämmerte ein Verstehen in seiner Seele.

»So glauben Sie, Käte, daß mir das Testament Schaden bringen könnte?«

Sie nickte und hob flehend die Hände.

»Ja, ja — bitte — vernichten Sie es, es ist ungültig — ganz bestimmt ungültig, ich beschwöre es beim Andenken Ihres Vaters, meines Wohltäters.«

Ein Gefühl tiefer Rührung keimte in ihm auf.

»Mir scheint, kleine Käte, daß ich da einer romantischen Torheit auf die Spur gekommen bin. Gottlob — jetzt wird mir klar, daß Sie wohl eine starke Veranlagung zur Märtyrerin haben, aber nicht zur Verbrecherin. Ich war so töricht, Sie in einen Topf zu werfen mit anderen Frauen. Nur meine letzte schlimme Erfahrung war schuld daran, daß ich so leicht an Ihnen irre wurde und Ihnen mißtraute. Mir scheint, ich werde mich dessen schämen müssen.«

Sie machte eine verzweifelte Bewegung.

»Es ist ja alles gleich — mögen Sie von mir denken, was Sie wollen; nur vernichten Sie dieses Testament! Ich will es Ihnen drüben an der Bahre Ihres Vaters schwören, daß es nicht sein letzter Wille ist. Er hatte nur nicht Zeit, dies unselige Testament selbst zu vernichten. Deshalb wollte ich es tun, und es wäre längst vernichtet, wenn in diesem Haus ein richtiger Kamin gewesen wäre, in dem ich es hätte verbrennen können. Bitte — vernichten Sie es doch!«

Und sie sprang auf, um ihm das Testament aus den Händen zu reißen.

Er drängte sie sanft in einen Sessel.

»Jetzt verhalten Sie sich ganz ruhig, kleine törichte Käte. Nun sagen Sie mir eins: Enthält das Testament etwas, das Ihnen Schaden bringen könnte?«

Sie schüttelte verzweifelt den Kopf.

Seine Augen strahlten in einem seltsamen Licht.

»Das dachte ich mir. Und jetzt werde ich es lesen.«

Sie warf die Arme über die Sessellehne und barg ihr Gesicht darin. Er sah, wie sie zitterte und bebte, aber er mußte jetzt unbedingt Klarheit haben.

Schnell öffnete er das Kuvert. Da richtete sie sich hastig auf und faßte seinen Arm.

»Geben Sie mir wenigstens Ihr Wort, Günter, daß Sie mir glauben, daß das Testament ungültig ist, weil es nicht mehr den letzten Willen Ihres Vaters enthält«, flehte sie mit einem erschütternden Ausdruck.

Tief bewegt sah er in ihre Augen hinein, die ihm nie so schön erschienen waren als jetzt. Er faßte ihre Hand und drückte seine Lippen darauf.

»Könnten Sie mir jetzt ins Herz sehen, Käte«, sagte er seltsam bewegt.

Sie erschauerte unter seinem Blick, der jetzt einen so ganz anderen Ausdruck hatte. So hatte er sie noch nie angesehen, und das Blut schoß ihr jäh ins Gesicht.

»Bitte — geben Sie mir doch Ihr Wort«, bettelte sie, und wußte nicht, wie bezaubernd sie in ihrer Hilflosigkeit war.

Er gab ihre Hand mit einem warmen Druck wieder frei.

»Nun gut, Käte — um Sie zu beruhigen, gebe ich Ihnen mein Wort, daß ich Ihnen glaube, daß mein Vater kurz vor seinem Tod seinen Willen änderte, weil er mir verziehen und sich mit mir ausgesöhnt hatte. Sind Sie nun zufrieden?«

Sie nickte matt und barg das Gesicht wieder in den Armen. Er sah auf sie herab mit einem weichen, gütigen Blick.

»Enthält das Testament etwas, das Sie betrifft, Käte?«

Sie schluchzte auf.

»Ja — es enthält eine namenlose Demütigung für mich, von der ich Onkel Heinrich nicht zurückhalten konnte. Er meinte es gut — aber es erniedrigt mich«, stammelte sie außer sich.

Leise strich er über ihr Haar.

»Ich muß es trotzdem lesen, Käte, ich kann keine Unklarheit ertragen.«

Und schnell entfaltete Günter das Testament und las es durch. Seine Augen weiteten sich, und in seinem Gesicht zuckte eine starke Erregung.

Lange blieb es still. Wieder und wieder las Günter die Worte seines Vaters, die ihn enterbten und ihm doch zugleich den kostbarsten Schatz boten, den er nur bisher nicht in seinem vollen Wert erkannt hatte. Er konnte die Größe von Kätes Opfermut nicht fassen.

Nun war ihm alles klar. Mit einem Male wußte er, daß sie das Testament nur entwendet hatte, um ihm sein Erbe zu erhalten und um sich zu ersparen, nochmals von ihm ausgeschlagen zu werden. Wie ein helles, blendendes Licht fiel es in seine Seele. Es gab nur eine Deutung für das alles — Käte liebte ihn und war doch zu stolz, es ihm zu zeigen. Sie wollte nicht darauf warten, daß er sich um ihre Hand bewarb, wollte ihn aber auch nicht um sein Erbe bringen.

Und er? Er hatte geglaubt, dies stolze, reine Geschöpf verachten zu müssen.

Aufatmend legte er endlich das Testament beseite und faßte mit beiden Händen Kätes Kopf. Sanft hob er ihr Gesicht zu sich empor. Sie hielt die Augen geschlossen, und ihr glühendes Gesicht zuckte in tiefster Erregung.

»Käte!« — Es klang unbeschreibich weich und zärtlich, wie er diesen Namen jetzt aussprach.

Sie erzitterte unter diesem Klang.

»Käte — sehen Sie mich doch an«, bat er leise. »Sie haben wirklich keine Veranlassung, die Augen niederzuschlagen. Kleine tapfere Käte — kleines Veilchen, das sich achtlos zertreten lassen wollte von meinem blinden Unverstand. So viel Heldenmut lebt in einem schwachen Geschöpf, daß es den stärksten Mann beschämt. Und ich wollte alle Frauen verächtlich abtun, weil eine mich betrogen hatte, wollte an der ganzen Welt irre werden, weil ich einen wertlosen Glasscherben für einen Diamanten gehalten hatte. Und der richtige

Diamant leuchtete neben mir so hell und klar, so rein und schön — aber ich Tor merkte es nicht. Käte — es hieße Sie kränken und beleidigen, wenn ich Ihnen schon jetzt offenbaren wollte, was in meiner Seele für Sie lebt — wenn Sie wüßten, wie es mich schmerzt, daß ich an Ihnen irre werden mußte. Es ist mir freilich erst heute klar geworden, was ich für Sie empfinde — aber zuweilen habe ich es schon gespürt, in der Zeit, als ich von Ihnen fern war. Ich konnte nicht glücklich sein mit jener anderen Frau, weil ich sie mit Ihnen vergleichen mußte. Nun ist es ganz hell und klar in meiner Seele, aber nun muß ich es noch in mich verschließen, weil ich noch nicht frei bin von meiner Bindung, die ich in einem Wahn einging. Aber das eine sage ich Ihnen, Käte, das, was mein Vater für mich gewollt und erstrebt hat, will ich mir zu verdienen suchen, weil ich jetzt weiß, daß es mein Glück ist. Käte — werden Sie nach allem, was geschehen ist, noch willens sein, meines Vaters Wunsch zu erfüllen?«

Errötend und erzitternd hatte sie ihm zugehört; seine Worte selig in sich aufnehmend. Nun schlug sie die Augen zu ihm auf und sah ihn mit einem Blick an, der ihn bis ins Innerste ergriff.

»Ich will alles tun, was zu Ihrem Glück nötig ist, Günter«, sagte sie leise.

Er bedeckte ihre Hände mit Küssen. — »Käte — kleine Käte — tapfere kleine Käte — so viel Kraft ist in Ihrer Seele! Ich bin es gar nicht wert, daß Sie ein so großes Opfer für mich bringen wollten.«

Und er sank neben ihr nieder, von seinem Gefühl überwältigt.

Sie streichelte mit einem süßen, verträumten Lächeln seinen Kopf.

So verharrten sie beide lange in einem Schweigen, das von tausend heiligen Versprechungen erfüllt war. Sie verstanden einander ohne Worte.

Endlich erhob sich Günter und sah Käte mit leuchtenden Augen an. In seinem Gesicht zuckte es vor tiefer Erregung.

Er zog sie an den Händen zu sich empor.

»Komm mit hinüber zu unserem Vater, Käte, er soll uns segnen, ehe er uns ganz genommen wird.« — Und sie schritten Hand in Hand hinüber in das Zimmer an das Totenlager Heinrich Warnecks.

Günter legte Kätes und seine Hand auf die gefalteten Hände des Toten.

»Vater — ich danke dir«, sagte er ergriffen.

Da flog der erste Strahl der aufgehenden Morgensonne in das Zimmer und glitt über den Toten und die beiden jungen Menschen wie ein Gruß aus einer anderen Welt.

Günter faßte Kätes beide Hände fest und sagte bewegt:

»Mir ist, als habe meines Vaters kraftvolle Persönlichkeit noch den Tod besiegt. Er streifte dir doch noch im Tod den Ring vom Finger, damit du dir diese Szene einprägtest und mir durch die Erzählung verrietest, daß du den Ring noch nach seinem Tod getragen hattest. Nur deshalb mußte ich erkennen, daß du mir die Wahrheit vorenthalten hattest. Und als ich, tiefbedrückt, weil ich nicht mehr klug aus dir wurde, in meinem Zimmer saß, war es mir, als rufe mich mein Vater an sein Totenlager. Ich mußte zu ihm gehen. Gottlob, daß ich es getan — gottlob, daß mein Vater mich an seiner Seite festhielt, bis der Morgen graute. Sonst wäre mir meine törichte kleine Heldin mit ihrem Raub entflohen. Gott sei Dank, daß ich es hindern konnte — ich weiß es jetzt — ich hätte es nie verwunden, daß du mir verlorengegangen wärest.«

Sie seufzte tief auf.

»Und ich — ich hätte sterben müssen draußen in der Welt, mit deiner Verachtung beladen«, sagte sie zitternd.

Er schlang den Arm um sie und hielt sie fest. Ihre Lippen wagte er jetzt nicht zu berühren, aber seine Augen senkten sich tief in die ihren.

»Eine Frau hat mir den Glauben an die Frau zerstört; du hast ihn mir wiedergegeben. Ich danke dir, Käte!«

Und wieder küßte er ihre Hände. Ihre Lippen, die so

verlockend waren mit dem weichen, verträumten Lächeln, küßte er auch jetzt nicht, so schwer es ihn auch ankam.

Leise traten sie wieder Hand in Hand aus dem Totenzimmer hinaus. Günter entfernte alle Spuren von Kätes beabsichtigter Flucht. Ihren Brief und das Testament seines Vaters nahm er an sich.

Und zärtlich über Kätes Haar streichelnd, sagte er weich:

»Jetzt gehst du zur Ruhe und schläfst noch einige Stunden. Du darfst nicht krank werden. Wir haben noch einen schweren Tag vor uns und keine Zeit, uns auszusprechen. Aber wenn Vater zur letzten Ruhe bestattet ist, wollen wir gemeinsam überlegen, was geschehen soll. Schlaf gut, Käte!«

Sie sahen sich noch einmal tief in die Augen, und dann stieg Käte langsam die Treppe empor. Sie trug auch jetzt den kleinen Handkoffer — aber mit wie veränderten Gefühlen.

Oben wandte sie sich noch einmal um und sah zu Günter zurück mit einem Blick, der ihm ihr ganzes Fühlen und Denken verriet.

Er nickte ihr zu mit leuchtenden Augen, und sie war sehr glücklich, daß der herbe, verächtliche Ausdruck aus seiner Miene verschwunden war.

Günter ging noch eine Weile in der Diele auf und ab. Als er aber merkte, die Dienerschaft sei erwacht, zog er sich in sein Zimmer zurück.

XIV

Monate waren vergangen, seit Heinrich Warneck zur letzten Ruhe bestattet war. Käte Harland hatte gleich danach im Hause des Prokuristen Durlach Aufnahme gefunden, der mit seiner Frau in kinderloser Ehe lebte.

So war es Käte möglich, so oft es nötig war, im Hause

Warneck nach dem Rechten zu sehen, damit alles dort seinen geregelten Gang ginge.

Herr und Frau Durlach waren die einzigen Personen, die Günter und Käte ins Vertrauen gezogen hatten. Sie wußten, daß Käte Frau Warneck werden würde, sobald Günters erste, kurze Ehe geschieden war.

Käte und Günter sahen sich täglich. Zumeist kam Günter abends nach Fabrikschluß in die nahegelegene Wohnung seines Prokuristen.

Sie hielten sich beide zurück, solange Günter noch nicht frei war, und vermieden es, über eine gemeinsame Zukunft zu sprechen. Aber sie hatten beide im tiefsten Herzen das köstliche Gefühl der Zusammengehörigkeit und des unbedingten Vertrauens.

Eines Tages erhielt Günter die Nachricht, daß seine Ehe mit Lori geschieden sei. Zugleich teilte ihm sein Rechtsanwalt mit, daß Lori ihren Mädchennamen wieder angenommen und ein Engagement nach New York abgeschlossen habe. Sie sei in Begleitung Mister Ronald Hamtons breits abgereist und verzichte auf jede materielle Beihilfe Günters, da sie demnächst die Ehefrau Hamtons werde.

Lori hatte also ein neues Opfer gefunden.

Günters Brust hob sich mit einem tiefen Atemzug. Gottlob — er war frei — und nun durfte er endlich die Hände nach einem neuen Glück ausstrecken.

Es war ihm nicht leicht gewesen in all der Zeit, Käte gegenüber die nötige Zurückhaltung zu bewahren, denn seine Liebe zu ihr war täglich tiefer und inniger geworden. Er begriff sich jetzt selbst nicht mehr, daß er so blind und gleichgültig neben ihr dahingelebt hatte und daß sein Gefühl sich einer Lori Leixner hatte zuwenden können.

Es trieb ihn jetzt sehnsuchtsvoll zu Käte. Heute vermochte er nicht bis zum Abend zu warten, sondern fuhr sofort zur Durlachschen Wohnung.

Die alte Dienerin des Durlachschen Ehepaares öffnete ihm die Tür und sagte ihm, Frau Durlach sei in die Stadt gefahren, um Besorgungen zu machen. Daß Käte daheim sei, hörte Günter, denn sie musizierte. Lächelnd bedeutete er der alten Dienerin, sie möge das gnädige Fräulein nicht stören, er werde warten, bis sie mit ihrem Musikstück zu Ende sei.

Die Alte nickte lächelnd und verschwand. Günter trat leise in das Zimmer, das neben dem lag, in dem Käte am Flügel saß.

Sie spielte, in Träumerei versunken, einige Passagen und dann das Vorspiel von Mozarts »Veilchen«. Leise und verträumt setzte ihre klare Stimme ein:

Ein Veilchen auf der Wiese stand,
Gebückt in sich und unbekannt,
Es war ein herzig's Veilchen.

Günter hielt es nicht länger. Schnell trat er ein.

»Käte!«

Sie schrak empor und ließ die Hände von den Tasten gleiten. Ein tiefes Rot trat in ihr Gesicht, und sie sah ihn mit ihren lieben Augen an, daß ihm das Herz warm wurde.

»Du, Günter? Zu so ungewohnter Zeit?«

Da zog er sie ohne ein Wort zu sich empor und umfaßte sie mit beiden Armen. Sie sah unruhig fragend in seine leuchtenden Augen. Und da preßte er seine Lippen auf die ihren im heißen Kuß der Liebe. Sie hielt selig erschrocken still und schmiegte sich vertrauend an ihn.

»Du bist frei, Günter?« fragte sie leise, als er endlich ihre Lippen freigab.

Er sah ihr zärtlich in die Augen. »Ja, meine Käte — endlich bin ich frei und darf dir sagen, daß ich dich liebe mit aller Inbrunst meines Herzens, und daß mich die Sehnsucht nach deinem Besitz maßlos gequält hat. Willst du mein eigen sein für alle Ewigkeit? Wirst du dich mir freudigen Herzens anvertrauen?«

Sie atmete zitternd auf. »Du weißt, daß dir mein Herz gehört — es war dein vom ersten Augenblick an, da ich dich sah. Unter tausend Schmerzen gehörte es dir, als du mit jener anderen davonzogst, und in Glückseligkeit gehört es dir, nun du zu mir gefunden hast.«

Er preßte ihre beiden Handflächen an sein Gesicht.

»Liebste — ich habe mein eigenes Herz nicht verstanden. Als ich dich damals das erstemal singen hörte — du weißt, ich belauschte dich eines Abends, als du dasselbe Lied sangst, das du eben singen wolltest —, da hat mich etwas Unerklärliches zu dir hingezogen. Es drang mir bis ins tiefste Herz, dies süße Lied von dem armen Veilchen, das an seiner Liebe stirbt. Ich ging an jenem Abend mit seltsam schwerem Herzen zur Ruhe — jetzt weiß ich, schon damals begann ich dich zu lieben. Und an der Seite jener anderen Frau, die meine Sinne verwirrte, hatte ich eine heimliche, uneingestandene Sehnsucht nach dir. Du warst bei mir, wenn ich in der gigantischen Bergwelt allein war, und ich sah dich im Geiste im Wohnzimmer bei der Lampe sitzen. Ach, Käte — das Menschenherz ist doch ein seltsames Ding. Oft läuft der Mensch lange in der Irre, bis er die rechte Heimat findet. Aber nun bin ich daheim. Und mein Herz ist voll Glück und Dankbarkeit.«

Und wieder küßte er ihre Lippen mit inbrünstiger Liebe.

Sie hatten einander noch viel zu sagen, jetzt, wo sie endlich sprechen konnten von allem, was ihnen das Herz bewegte.

Als Frau Durlach heimkam, stellte Günter ihr Käte als seine Braut vor.

Aus dem Durlachschen Hause holte sich Günter einige Monate später seine junge Frau und führte sie in sein Vaterhaus zurück.

Und diese zweite Ehe Günter Warnecks wurde eine wahrhaft glückliche, so, wie er sich einst eine Ehe erträumt hatte. Käte schenkte ihm die höchste Glückseligkeit, die einem Menschen beschieden sein kann. Und Käte blühte auf in ihrem idealen Eheglück, das sie sich durch ihre Aufopferung verdient hatte.

Die beiden waren dem Gründer ihres Glückes, Günters

Vater, von ganzem Herzen dankbar und bewahrten ihm ein treues Gedenken.

Oft singt Käte Warneck ihrem Günter die geliebten Lieder, und auch das »Veilchen« von Mozart verlangt er immer wieder zu hören.

»Es war ein herzig's Veilchen.«

Wenn mit diesen Worten das Lied verklingt, nimmt Günter Warneck seine junge Frau in die Arme und küßt sie in inniger Liebe.